巨人像

霜月夢想
Muso Shimotsuki

文芸社

巨人像

郵 便 は が き

料金受取人払郵便

新宿局承認

1437

差出有効期間
平成30年 5 月
31日まで

（切手不要）

1 6 0 - 8 7 9 1

8 4 3

東京都新宿区新宿1－10－1

（株）文芸社

愛読者カード係 行

ふりがな お名前		明治　大正 昭和　平成　　年生　歳	
ふりがな ご住所	□□□-□□□□	性別 男・女	
お電話 番　号	（書籍ご注文の際に必要です）	ご職業	
E-mail			
ご購読雑誌（複数可）		ご購読新聞 新聞	

最近読んでおもしろかった本や今後、とりあげてほしいテーマをお教えください。

ご自分の研究成果や経験、お考え等を出版してみたいというお気持ちはありますか。

ある　　ない　　内容・テーマ（　　　　　　　　　　）

現在完成した作品をお持ちですか。

ある　　ない　　ジャンル・原稿量（　　　　　　　　　　）

書　名				
お買上 書　店	都道 府県	市区 郡	書店名	書店
			ご購入日	年　　月　　日

本書をどこでお知りになりましたか？
1.書店店頭　2.知人にすすめられて　3.インターネット（サイト名　　　　　　　）
4.DMハガキ　5.広告、記事を見て（新聞、雑誌名　　　　　　　）

上の質問に関連して、ご購入の決め手となったのは？
1.タイトル　2.著者　3.内容　4.カバーデザイン　5.帯
その他ご自由にお書きください。
（　　　　　　　　　　　　　　　　　　　　　　　　　）

本書についてのご意見、ご感想をお聞かせください。
①内容について

②カバー、タイトル、帯について

弊社Webサイトからもご意見、ご感想をお寄せいただけます。

ご協力ありがとうございました。
※お寄せいただいたご意見、ご感想は新聞広告等で匿名にて使わせていただくことがあります。
※お客様の個人情報は、小社からの連絡のみに使用します。社外に提供することは一切ありません。

■書籍のご注文は、お近くの書店または、ブックサービス（0120-29-9625）、セブンネットショッピング（http://7net.omni7.jp/）にお申し込み下さい。

生れ生れ生れて生の始めに暗く、
死に死に死に死んで死の終りに冥《くら》し
——『秘蔵宝鑰《ひぞうほうやく》』より　空海

運命の針は止められない。世界を牛耳るのは、兇悪な悪魔大王だ。この世のすべての《破壊》を司る、地獄の王。

「私はサタンが雷光のように天から落ちるのを見た」
『新約聖書』ルカによる福音書

「さぁ我々のために都市を、そして塔を建て、その頂きを天に届かせよう」
『旧約聖書』創世記　第11章〈バベルの塔〉

一章

「無気力?　嘘やん。ほんまちゃうよ。うち、中学の頃から、ずっと変わっとらんよ。アニメとかテレビゲームばっかやっとったから、こんなんなったんかな?　ケータイで注文したら、けっこーカンタンに手に入った……。もぉうこれで絶対死ねるん?　今回は本気だよ。まぢ死にたい。うちなんかまぢで死ねばええねんな。でも最期に、うちはごっさー楽しいことあんねん。そや、これがうちの最期のメッセージになるんちゃう?　うち、ヒーローやんか」

少女はウェブカメラが内蔵された、パソコンのモニター画面にはにかんだ。

こんばんわw!!　うち、久々ごっさ笑ったw。ちょっとまえ、○○流行《はや》ったやんか。あれ、ちょっとやってみるww。うち、これ飲んだら、ほんま天国逝けるんちゃう?

逝ってよし　😊wワロタ　(笑)

サイバー空間を彷徨う狂気に魅入られた少女は、魔境さながらのネット空間へと繋がるために、キーを叩き、チャット仲間たちへ、メッセージを綴った。異世界へと旅立つためだ。インターネットは百鬼夜行の世界だ。

《ピッピッピッピッ——。午前零時をお知らせします》ピッピッピッピッ……。BGM代わりに少女の背後で流れる、時間《とき》を知らせる時報。

機械的なアナウンスの声が、正確な時刻を告げる。一秒、また一秒と秒を刻みこむ。

心にしのびよる恐怖。ネオンが明滅する都市の街の下に潜み住む、深く暗い恐怖の夜が、悪魔を地獄から呼び覚ます。さぁ、眠りから目覚めよ。恐怖は夜くる。悪魔は夜の闇のなかにいる。巷《ちまた》に魔が棲む。呪わしい闇のなか、更け行く、その夜は青い。世界中に同じ時間《とき》が流れてゆく。少女の祈りの声が響きわたる。

——自由を知るために、誰か世界中の時間《とき》を止めて……、と。

インターネットを通じて、顔をみながら通話ができるライブチャット（インターネットテレビ電話）の通話画面には、血の気が失せた少女の顔が映りこんでいた。彼女は同じ趣味の仲間を集めた、共通の話題で盛りあがることができるチャットルームで、同じカテゴリー部屋にいた。魔術部屋と呼ばれるチャットルームだ。白魔術・黒魔術・あらゆる魔術のルーツである古代エジプト魔術や、ドルイド教を信仰するケルト民族・イングランド・アーサー王の伝説も、ケルト人の伝説がもとになっているとも知られているが、ケルト魔術も起源はエジプト魔術に到達する。イギリスにある古代の遺跡（巨大な巨石群）ストーンヘンジは古来より、アーサー王に未来予知と助言を授け、導いた大魔術師マリーンが巨人を使い、巨石を運んだという説もある。異教の古代密儀に源を発する、魔術の起源や神話。魔術師が奥義を記した魔術の古文書。魔法円やペンタグラム・魔除け《アミュレット》・護符《タリスマン》といった魔力が込められた道具の話題。ソロモンの指輪や魔法の杖といった魔導具についても、仲間たちと和気藹藹に語り合う。魔法使いや魔女による秘薬の作り方や呪いの方法。魔術といえば、化学の基礎となった学術的魔術である錬金術・神々や人間によって作りだされる（人工生命体）ゴーレム・ホムンクルスなどの人造人間。呪い・毒薬・生け贄と、アフリカから白人に連れ去られ、奴隷として、死ぬまで苛酷な労働を強いられた、黒人たちの歴史を背景に、発展をしたカリブ海の島国。ハイチ発祥の地である民間信仰、ヴードゥーの秘術が施され、死体に猛毒の〝ゾンビパウダー〟を振りかけて浸透させることで、邪悪な力で死体のまま甦り、腐りながらも動き回る。呪術によって生き返った死体「死屍《ゾンビ》」が作りだされる。この死屍《ゾンビ》の他にも、死体を操る邪悪な魔術として死者蘇生をおこなうネクロマンシーと呼ばれる方法など、禁断と背徳を秘めた奇蹟の力を使い、死者の魂を甦らせて死体に憑かせる降霊術の一種もある。占いや呪術に使われる神秘的な文字（ルーン文字）「セフィロトの樹」または「生命の樹」として有名な象徴《シンボル》的図形。ユダヤ神秘主義の諸体系の総称カバラ。魔女と悪魔が夜宴《サバト》をおこなう夜会。悪魔信仰者による黒ミサ。この魔術部屋では世界中に満ち溢れている厳然と存在している不可解な謎と不思議が語られるわけだが、魔術以外のことでも、オカルト的なものはすべて許容範囲だ。超古代文明・心霊現象・超能力・神秘現象・ＵＦＯ・未確認動物（ＵＭＡ）オーパーツ・妖怪・奇現象・超科学……ｅｔｃ。

現状の最先端科学をもってしても解明できない、摩訶不思議な神秘世界。ミステリーワールドの通廊に足を踏み入れ、未知に続く、開かれた扉の向こう側には、いわゆる超常現象と呼ばれる、まったく別の世界がみえてくる。

また哲学思想好きな若者たちが集まっていることから「神はいるのか」「人間の生きる意味とは？」「自分は何故、存在するのか」（存在論）という人間の持つ根本的な問いかけや、疑問に対しての答えを探しだすための方法論である哲学思想。互いにより深く享受することを目的として意見を闘わせ、論じ合うことも多かった。〝神〟ひとつとっても、同じ事柄について、さまざまな思考や視点（あらゆる角度から物事をみつめようとすること）基準を測るための物差しになる自考力。個人各人による価値判断（思考力）として異なる意見が主張される分野はない。哲学ほど議論の種とならぬものがほとんどないわけで、すぐれた知能を持った人々が、何世紀もかけて研究をしてきた学問だ。人間が持つ、心の深い領域のなかに影響を及ぼし、手引きと成り果てる。

理解を深め、悩みを解くためのヒントを与えてくれ、人生を生きるための道標や案内《ガイド》になる。百花繚乱、哲学の道を迷わず歩くために、わかりやすく議論し合うことは必要だ。

世の中を生きづらく感じているのは、自分たちだけではないことを学び合う。個性や考え方が違えば、崇拝する哲学、思想家たちもそれぞれが違い、そこがまた人生の意義を探究するため、哲学を理解するうえで、面白いところでもあり、固定観念に縛りつけられないようにするための刺激になる。考えるクセが身につく。人間理性の営みが身につくための「哲学入門のススメ」を是非、自分なりに考えてみてほしいとネットワークをひろげているのが、このチャットルームだった。各自が自分の好きな哲学者を選び、仲間同士で相互理解を深めて意見交換をしたり、毎月一度、オフ会などを催してコミュニケーションをとったりしている。テレビ会議もしょっちゅうおこなわれる。そのなかでこの少女は奇行の持ち主として、ネットの間でも有名な常連のチャット住人だった。

少女は「放っておくと人は殺し合う」と説いたホッブズを敬愛している。自宅で飼っているネコのヒゲを鋏で切り取り、宙吊りにした後、

「ニャンコはヒゲチョン切ると、バランス感覚なくなるんやろ。ほんまかいな。うちがネコ鍋にしたろうか。ホラッ空飛んでみぃ」

無理矢理に自宅マンション五階から、ネコを投げ落とす映像を、自身のブログに

アップしたりしていた。そのネット上の映像にドン引きされ、少女は非難を浴び〝動物虐待少女〟だと誹謗され、抗議を受けた。ネコが可哀想だとする声が、掲示板のスレッドに多数カキコミされた。反響の投稿が殺到して、一時炎上したこともある。ところがその大バッシングを受けた当の本人は、他人から注目を集めている自分のことを「うちはダークヒーローや～。てか、ダーティーヒーローなんやから、まんまでええやん。うち、きっと傷ついた残酷な天使なんやわ」と自慢していたくらいの変わり者だった。

日頃から少女は、自分は世の中で邪魔者だから〝死にたい〟というのが口癖だった。

魔術部屋でのネット交流がある仲間たちに、自分が自殺する衝撃映像を、リアルタイムでネット中継して、みんなにみせてくれることを約束していた。何故ならテレビ電話でおこなった最近の哲学思想についての議論は主に〝死〟について、討論がされていたからだ。

《死生観》を主題《テーマ》として、チャット仲間同士で熱く語り合っていた。もともと他人から嫌われ者、厄介者にされ、苛められっ子だった自殺死願者であるこの少女が《自己の死》を迎える生涯一度きりになる〝自殺ショー〟を盛大に、盛り上げたいと決断したことがきっかけだった。突然、天からの啓示を受け、思いついたらしい。「死ぬことは怖いことじゃない。だからみてててね」といった軽い感じで、人生最後の大舞台。観客のまえで死にゆく自分をネットで実況中継するという、とんでもなく過激なパフォーマンスを演じることを決めたのだ。

　正気の沙汰ではない。

「人は同じ川に二度入ることはできない」と説き、対立物の闘争や生成即消滅といった考え方で、客観的な弁証法の祖とされる〝ヘラクレイトス〟。（絶え間なく流れている水のなかに足を踏み入れたとき、同じ川の水でも、次に足に触れている水は、もう違う水の流れである）――そう表現した、彼の有名な言葉がある。《万物は流転する》。彼の哲学の中心となったのは、生成の循環を意味するロゴス（理性・概念）。万物の根源であるアルケーは火であり、アルケーは周囲を燃やし、変質をさせてしまうことから、その変転と同じように、生じて形を成す。この世界もまた、絶え間なく、移り変わることを言い表している。

　時は移ろいゆくものであり、決して後戻りすることはできない。どんなに泣き叫んでも、地べたをかきむしっても、ただまえに進み続けてゆくだけである。永遠に過ぎゆく時間《とき》を止めることは、誰にも不可能だ。少女はこのことに気付いてしまった。だから、死ぬことを望むのか?!　死ぬことを選択した一人の少女。この世に存在するものは不生不滅ではない。何かが生まれ、成長する。そして変化してから滅び去り、そして再び生まれ、生成を繰り返している。生まれてくることは死んでゆくこと。死んでゆくことは生まれてくること。輪廻は円環的なものだとよく言われる。

人間はどう生きるべきか。生者必滅の理《ことわり》を受け止め、自然や宇宙の流れを受け入れながら、禁欲主義（ストイック）に平穏に生きることで、幸福を求めたストア学派。すべてのものは流れ去ると論じ、人生は束の間、一時のものだと唱えた。後期ストア派の哲学者エピクテトスが残した言葉によると「私たちは時間のようにやって来て、時間のように去らなければならない。どのような死に方をするにしろ、人間は何かを通して去ってゆかねばならない」と説いている。花はいつか枯れる。星も死ぬ。いつかは人間も死ぬ運命《さだめ》にある。生命は無限なものではなく、有限の生を生きる人間の哀しさ、儚さ、いとおしさ。死は生と互いに相関し合い、有限な人間の精神を越え、人間が持つ、感覚的なものを突き抜けた、絶対不変の真理を追究してきた形而上学的な「いろいろな現象の奥にある。根本的な真の本質・神・自由・不死の問題解決をめざす。存在そのものを純粋な思惟によって捉えるための、形を超越した精神的なもの」そんな世界に導いてゆく。「死生観」は人類共通で継承する永遠の疑問である。死をどう受け止めるか。古来多くの哲学者たちが、死への恐怖をどう乗り越えるか考え、死の問題と向き合ってきた。「批判哲学」と呼ばれ、認識論の画期的な変革をおこないながらも、人間の認識能力の限界を語ったカント。神や自由、不死については、学問的認識とすることは不可能。神の実在を理性によって証明するよりも、確信することが大切だと論じた。

「神は死んだ」と神の死を宣言したニーチェは、すべての理想が幻想であるとする虚無感。ニヒリズムを提唱し、人生はあるがままの姿において、意味もなく、不可避的に無為な人生が、永遠に何度も繰り返されるだけだとする〝永劫回帰〟を論じた。それを受け入れたうえで、ルサンチマン（弱者が強者に抱く、怨恨や憎悪、挫折感）による奴隷道徳を排斥し、より気高く、高潔な強い精神力の持ち主となるよう（力《ちから》への意志）を示し、超人思想を掲げた。チャットはリアルタイムで相手とメール交換ができるもので、ウェブ上で文字や音声、ウェブカメラを利用して、不特定多数が匿名で、会話をすることができるツールである。リアル動画チャットは、音声通話ソフトで、中央サーバーを介さず、ユーザー同士で通話ができるビデオ・ボイスチャットなど音声同時機能に特化しているため、利便性が高く、従来のチャットソフトとは違い、ボイスチャットを利用するユーザーを中心に、世界中で電話の代わりだとして、シェアが拡大されている。パソコンデスクの前で座っている、大きな黒縁眼鏡をかけた少女。黒縁眼鏡のフレームはあまりも円《まる》く、時代遅れだった。パソコンのモニター画面に映った少女の瞳は、狂気を孕んでいた。少女は携帯サイトで購入した毒物らしき薬物を、これから飲んでみせると豪語していた。

「ハァ……フウ、やっぱ緊張すんねんなぁ。うちがこれから、ドリンクに混ぜて飲みます」

パステルカラーの奇麗な色彩をした錠剤をウェブカメラの前に近付けて披露した。そして、ジュースのようなものに混ぜ、一気に飲み干した。

「はい……。フッー。飲んだ。いまからうちが逝くから、みんな見ててなぁ。この薬物めっちゃ効くらしいで。みんな、知っとる？　ケータイサイトの兄チャンが、数分で意識失うって言っとった。あっ、うちも頭がグルグル回りおったで？　あと数分で意識なっ……」

ここで突然、バチンッという大音響と同時に、パソコンのモニターが真っ黒になった。フリーズしたまま、モニターに映っていた画像が、全部消滅してしまった。

岡村卓也はその間、真っ黒なモニターをみつめたまま、しばらく呆然としてしまった。気を取り直して再起動をかけると、電源を入れるとすぐにコントロールシステムに接続がされ、クリックやボタン操作も通常どおりおこなえるようになった。すると、他の仲間たちも、卓也のパソコンとまったく同じ状況になっていたことがわかった。結局、映像が途中で途切れて中断したことで、誰一人として、最後まで少女の自殺を見届けた者はいなかった。コンタクト先の少女のパソコンへ、何度かアクセスを試みたが、まったくオンラインされず、連絡がつかなくなった。そのうち、ＩＤを変えたのか、魔術部屋に、再び少女が入室してくることは二度となくなり、音信不通になった。音沙汰がなく、発信がない日が続き、一週間以上が経過しても、最終的な少女の安否確認はできなかった。魔術部屋にいるチャット仲間たちは、もしかすると、少女が悪戯をしただけなのではないかと噂し合った。死んだんちゃうかと心配する声も上がったが、みんな自分が事件にまきこまれることを怖れ、最後は見て見ぬ振りをしていた。

緊急事態の場合、救急車の要請を消防署へ通報しなければならないが、少女が高校を中退後、自宅に引きこもり、彼女の鬱積したストレス発散を、飼い猫にぶつけることで、ネット生活を過ごしている十六歳であること。

公開されている彼女のブログのコンテンツから、関西圏に存在していること以外は、チャット仲間たちも知らないことばかりだった。

連絡先に関しては市町村がわかっており、せめて番地まで特定ができていなければ、救急車も出動ができない。実名で登録がされない場合もあるので少女を探すために有効な手段がなかったことも、少女の身の安全を確認することを難しいものにした。

第一に、少女が死んでいるとは限らなかった。あの少女が本当に毒薬を飲み、口から血を吐き、苦痛と苦しさに顔を歪ませ、確実に死んでいる保証は何処にもない。

死んでいない可能性も十分にあるわけで、否定はできないままだ。死んだのか、死んでいないのか。本当のことは当事者である少女にしかわからない。真実は、本人である少女だけが知っている。曖昧模糊で不透明な世界。膨大な情報が氾濫し、錯綜するなかで、何よりも知りたい肝心な情報を知ることができないというのも皮肉な話だ。大量に流れこんでくる散らばった情報が、インターネットに普及される側面で、カオス度を劇的に上昇させていることは否めない。

他人の生死に関わる問題で、卓也は自分が巻きこまれてしまったわけだが、人が死ぬ場面になんか、誰だって遭遇したくもないもんだ。それでも、少女がまだ生きているかもしれないことは救いだった。そう考えると、多少は気分もラクになった。胸に渦巻く、不安を打ち消した。

(そうだよな。自分が死ぬ姿をわざわざ他人にみせる奴なんか、いるわけないじゃんか。きっと生きてるに決まってるんだ。そうだ。絶対に生きてるさ、ただの悪ふざけだよ。いいかげんにしてくれよ。マジ気になるだろ)

卓也は必死にそう自分に言い聞かせていた。――とはいえ、そうポジティブに明るい発想の転換ができていたのも、束の間だった。

次の瞬間には、もう卓也は悒鬱な表情をしていた。少女の死に鬱々としたものを感じている自分を、やはり騙すことはできなかった。

何故ならば、実際ネット空間で同じチャットルームにいた仲間のなかには、おかしな奴が何人もいた。覚醒剤や大麻《マリファナ》、危険ドラッグなんかをネット関連で入手しては、常習者になって捕まった奴もいたし、発狂した奴、過去に人を刺して精神病になった奴もいた。死ねと煽られて、本当に自殺した奴もいる。集団のなかでターゲットを決め、チャットルームから退出をさせ、締め出して着信拒否でハブる（仲間外れにすること）、ネットいじめ。

ネットの知り合いは、リアルな友達とは違う。ウェブサイトで紹介された、ネット上に点在するコミュニティーやツイッター、ＬＩＮＥなどのＳＮＳ（交流サイト）やユーチューブでシェアされた交流関係から、ネットユーザー同士が親しい間柄になれることもあるが、大部分はその場限りの友達が多いのも事実だ。ネットで親しくなる者には、卓也はそう割り切ってつき合いをしている。日常生活のなかで、不可欠なツールとなったインターネット。携帯電話やパソコンなど、通信機器の普及によって、デジタル革命が到来。トラフィックな光通信などの発展により、めまぐるしく変化を遂げる時代のなか、人々は瞬時に自宅にいながら、デジタル通信をおこなう機器を仲介し、地球の裏側でおこっている出来事さえ、簡単に部屋の中で、知ることが可能な世の中になった。

しかしその一方で、昨今は様々な要因で、インターネットは社会に暗い影を落としている。世界中の人々と結びつき、交流をすることで、情報をシェアし、交換することができるけれど、相手と顔がみえない部分があるネット社会。ビジネス、株や投資、巨額の資金や資産を管理できるものの、利便性の落とし穴として、その反面デメリットも多い。ネットは犯罪とつながりやすい。

　ネットバンキングの取り引き中に、偽の画面が表示され、利用者がパスワードを入れると自動的に別口座に送金がされてしまう。ネット銀行被害なども多発している。日本国内にサーバーを置く「中継サーバー」と呼ばれるネット中継業者が、警察によって、全国で一斉摘発されているものの、まだまだ取り締まりができていない。中継サーバーを経由すると、ネットの接続記録が残らない仕組みになっている、そんな特質が悪用されており、利用者の素性を隠すことができてしまう。そのため、ネットバンキングの不正送金や、不正アクセスがおこってしまい、知らない間にウィルスに感染して、ＩＤやパスワードのデーターが、盗み取られてしまう被害も、増加傾向にある。ほんの一瞬で、預金が消えてしまう恐ろしさ。未公開株。ファンド。外国通貨の取り引きなどに関連した、悪質な詐欺行為により、損害を受けて被害者になるケースもある。闇サイトでは犯罪に悪用される。さらに、見知らぬ人物から誹謗中傷を受けることや、騙されることや、ネットストーカー的な行為をされることもある。悪徳商法や違法性があるサイト。嘘ばっかりの虚偽サイトもあるし、ネット販売で購入した商品が、手元に届かないケースまである。インチキ商品が送られてくるなど、ウェブ上のサイト広告とは、まったく別物の粗悪商品が届く場合だってある。インターネットはビジネスや交流など、さまざまな恩恵を与えてくれるが、犯罪の温床になってしまうことが多い。今回のように、一人の少女によって、引き起こされた自殺騒動などは、特にネットの匿名性の問題が高く、そういうところがネット社会の恐ろしいところだと卓也は思う。

濃密な人間関係が失われていると、よく言われる。卓也も、まったくその通りだと思えた。そういう卓也の日常生活も、食事や入浴、睡眠以外は、ずっとパソコンを操作しているだけの毎日だ。ネットに依存し、ネットが居場所、ネットの世界に生き、ネットを基盤に一日の生活が成り立っている。そんな日々が、ここしばらくの間は続いてきた。他人と会話することさえ、面倒くさい。文字でするウェブ上の会話以外、他人と接触がなく、まったく他人と関わらない日々が、何日も続く。煩わしいだけだ。こんな生活が、もう一ヶ月以上続いている。一ヶ月まえまでは、卓也は底辺労働者として、低賃金で働いてきた。

登録をした派遣会社の紹介により、製造業派遣で、都内の大手精密機器メーカーの工場で仕事をしていた。

しかし、突然に一ヶ月まえのある日、卓也は職場を解雇された。派遣会社の担当者から、工場事務室に呼び出され、契約終了の通知書を渡された。その場で退職願を書かされた。

ハイ、さようならだ。

岡村卓也の郷里は長野県で、九年まえに他元の高校卒業後、一度は畜産加工会社に就職を決めた。それからはずっと、働きながら一人暮らし。今年の春で二十七歳になる。工場従業員として働き、精肉加工をする製造業に勤めるが、五年まえに会社が倒産。その後はフリーターを振り出しに、契約社員、期間工などを転々としてきた。派遣登録をしたきっかけは企業説明会で、派遣会社の担当者が、メーカーの直接雇用になると言っていたので、意気揚揚と東京にやって来たのが、三年まえのことだった。ところが実際に、東京へ上京してみると、説明とはまったく違っていたことに驚いた。甘い言葉に騙されて住むことになったのは、寮とは名ばかりの、古いアパートの四畳半だった。引っ越しの荷物は鞄だけでいいと聞かされていたから、荷物といえば、本当にリュックサックに詰めこんで持ちこんだ、手荷物だけだ。わずかな着替えと日用品くらいのものだった。おまけに無料といいながら、光熱費や管理料といった、訳のわからない名目で、毎月かなりの金額が天引きされた。

いつ解雇《クビ》にされるのかわからない、不安に脅えながらの生活と、仕事の内容といえば単純労働がほとんどだった。

正規雇用の正社員ではないので、いくら頑張ったところで、技術《スキル》や知識が身につくというものではなく、まったくやりがいを感じられるものではなかった。楽しくも、面白くもないものだったが、あともう少し頑張れば、少しまとまった貯金ができる。そうしたら、工場を辞めた後、卓也は、自分が心底やりたいと思えることを探して、勉強したい。もっといい仕事に就こうと考えていた。その矢先の雇い止めだった。自分なりに考えていた輝かしい未来図が、《明日からもうこなくていい》というたった一言で、見事に崩壊をさせられてしまったのだ。職場で働いた三年間。その歳月を嘲笑うかのように、あっけなくお払い箱にされて失業してしまった……。

新しい勤め先を斡旋してくれることもなく、次の仕事に当てはない。

勿論、雇用保険などは一切ない。社会保険もなかったので、自分で国民健康保険に加入しなければならなかった。当然重くのしかかってくる保険料を支払うために、四苦八苦している始末だ。この先、どうなるかは不明だ。

派遣切りで解雇《クビ》にされたあげく、住んでいた寮のアパートを、たった二日で追い出された。仕方がないので家賃は割高だけど、敷金、礼金の保証人不要で、手軽な真新しいアパートに移り住んだ。いわゆるゼロゼロ物件というヤツだ。以前に住んでいたアパートの寮は、とにかく汚い部屋だった。畳部屋だったが、酷い部屋だ。夜寝ると、翌朝は必ずといっていいほど、ダニに喰われていた。至る場所に、蜘蛛の巣が張り巡らされ、蜘蛛の巣城といった感じの部屋で、ゴキブリが出現するのも当たり前だった。

それでも、不安定な生活から脱け出すために、約三年間働き、貯めておいたわずかな蓄えのおかげで、ゼロゼロ物件とはいえ、ほんの少しの短かい期間だったが、ネット三昧で暮らせていた。夢だった仕事をしなくてもいい悠悠自適な、セレブ生活の気分も、もうじき終焉《ピリオド》を迎えようとしている。チャットは唯一の楽しみだった。理由は蓄えがなくなり、本格的に仕事をみつけなければならなくなってきたからだ。明日からハローワークへ通い、就職先を探しだそうと卓也は考えていた。

気がつけば、またマミから、大量のメールがスマートフォンに送信されていた。マミは二週間まえ、携帯の出会い系無料サイトで知り合い、卓也とつき合い始めたばかりの女性である（――というか、出会った途端、いきなり、マミから交際を申し込まれた）。

年齢は二十代。アイディアルな企画商品をネットビジネスで販売する会社。ベンチャー企業でバイトしていること以外、正体不明な謎の女性であった。メールのやり取りだけだから、顔も知らない。ネットビジネスで、自分が販売している商品を買ってほしいとせがまれ、つい先日も、大量に買いこんでやったばかりだ。怪しげな広告メールで、客を惑わすサクラの男性？（女性の振りをした）なのかもしれない。独身男性を釣るために、バンバンメールで商品を売りつける、悪徳商法の手口。恋愛感情を利用しての商売は、本物の女性なのかも疑わしい得体が知れない人物であった。男性用美容品を取り扱い、美脚パンツなど、効果があるのかわからないが、値段は高額だった。

「商品買ってくれたら、会ってあげるね♡」即アポのフレーズに何度も騙され、二人で合う約束を決め、待ち合わせをしてみるが、何時間待ってもマミは現れない。最後は、卓也が堪忍袋の緒が切れてメールしてみると、慌ててドタキャンのメールが送信されてくる。毎度ワンパターンで終わる。その繰り返しだった。

お詫びメールには、「あっマミだよーゴメンねぇぇ。待った？　けどぉ……。忙しかったからぁぁぁ。最近めっちゃ、忙しいのぉぉ。今度はコレ買ってくれたら、会ってもいいよ♡　許して～～　タッちゃん。愛してる。う～ん、やっぱダメなのかな？？　タッちゃんのこと考えると、涙線が緩むのぉぉぉ。抱かれたいのかな⁇
なんでだろね。新商品気に入ったのあったら、連絡ちょーだい!!　😊♡♡
買って!!　買ってぇ♡めちゃめちゃめちゃ大好き
おやすみぃ　　マミ」

このときもマミは性懲りもなく、あらたに新しいデザインの新商品を勧める勧誘メールばかりを、何十通も送信してきていた。マミとの交際をきっかけに、新商品を次々と売りこまれていい迷惑だった。実際に彼女は、何人も複数の男性と同じように、交際しているようで、トラブルをおこしているようだ。そして、現在《いま》受信されてきたメールも、アイディアルな商品の売りこみメールだったのである。

「これってある意味、誘いセールスだよ。デート商法だろ」と、卓也は思わず苦笑いした。卓也のほうでも、マミはリアルな恋人とは、ほど遠い存在だということはわかっていた。怒り心頭に頭にきて、勧誘メールの商品をもう二度と買うつもりはなかったが、マミがあまりにもしつこく、頻繁にメールしてくるので、表面をとりつくろい、仕方なくつき合っているだけだ。ネットの恋人じゃない。本当の恋人がほしいなぁと卓也は思う。マミからくるのは新商品を売りつけようとする、魂胆まるみえのメールばかりだった。ズバリッ、愛《ラブ》はない。

「ゴメン。俺、明日から就活（職探し）をしなきゃなんなくてさ。忙しいんだ。今度ね」

　マミの誘いを断ってから、メール返信後、久しぶりに履歴書を書いてみたが、履歴の経歴が如何に乏しいものなのか。自分の腑甲斐無さにガックリする。翌日から、卓也の職探しが始まるのだが、やはり案の定の結末だった。

　新聞やフリーペーパーの求人情報をみて、面接希望の連絡をしたところで、「あなたの年齢で未経験というのは、難しいですよ」とやんわりと断られた。これまでやってきた仕事についても、残念なことに、職歴としてまったく評価してもらえなかった。ジョブカフェやヤングハローワークに通ってみたが、停滞している景気は、上向きつつあるといわれても実感しにくい。このドン底の不景気に思えてしまう現状では、仕事がなく、大卒の新卒は売り手市場でも、高卒の中途採用では、なかなか良い仕事がみつからない。履歴書を送っても、企業からの不採用の結果を知らせる、残念ながら、今回は……で始まる、お祈りメールばかりが届く。やっとの思いで面接にこぎつけても、最終的に無駄足で終わることがほとんどだ。「そんなんで大丈夫なの?!もっとアピールポイントがないと駄目だ。社会の目は厳しいんだぞ」と反対に、お説教をされる始末だ。卓也には、特別これといった資格も、特技も何もなく、外見はいまどきの若者で、普通の青年。その結果、いい仕事がみつかるまでの派遣の仕事が、再び本業になってしまった。真面《まとも》な仕事に就きたいと考えてはいるものの、生活を維持することが先になって、就職活動をする余裕や、やる気がなくなってしまうのだ。日雇い派遣の仕事を続けてゆくしかないために、堂々巡りに陥ってしまう……。

リセットしたいと思えば思うほど、焦って思うように物事が上手くいかなくなる。

一度つまずいたら、毎日が本当に薄氷の上を歩いているような生活だ。蟻地獄のように脱け出すことができない。履歴書はいらない、なんでもかまわないので身元証明できるもの。メールアドレス機能がある携帯電話さえ持っていれば、登録が可能で働ける。そんな誰にでもできる日雇い派遣の仕事などは、時給にすると、高校生のアルバイト代くらいのもので泣けてくる。スズメの涙程度だった。

追い討ちをかけるように、派遣や契約で生きていると、たった一度の怪我や病気で、あっという間に転落をしてしまう。

ビルメン会社に派遣されて、クリーニングスタッフをやっているときに悲劇はおこった。

作業場で軽い怪我だったが、足を捻挫して痛めてしまったからだ。

そして、二週間以上も仕事を休んでしまったのだ。勿論、労災はない。国民健康保険に加入しているものの、余程のことがない限り、病院へは通院できず、足の痛みがなくなるまで、じっとしているしかなかった。働けなければ無収入。究極のサバイバル生活だった。

その後、職場に復帰したものの

「二週間も仕事を休んでいたなら、もう来なくていいよ」と解雇された。

別の派遣会社でも、再度登録をしてみたが、仕事が回ってくるのはほんのわずか。一週間に、やっと二、三日くらいの割合でしか働けなかった。すぐに生活が困窮し、破綻してしまった。

その結果、世にも悲惨な運命とやらが、卓也を待ち受けていたのである。

家賃の振り込みが一日遅れただけで、不動産屋がやって来て、即刻退去をさせられた。何処にも行く当てなんかなかった。ゼロゼロ物件というヤツは、家賃の振り込みが一日でも遅れたら、法外な違約金を取られるか、追い出されるか。確かに契約書に書いてある。私物だろうが、勝手に廃棄処分され、家賃の日割分を取られ、部屋の鍵も取り上げられた。それを承知で判子を押したのだから、文句は言えない。卓也は部屋を追い出され、ハウスレスとなった。行く当てもなく、住処もない。行き場所がないまま、彷徨った。住所を失なった最初の頃は、漫画喫茶やネットカフェ、簡易旅館を泊まり歩いていたが、そのうち駅の周辺で寝泊まりしたり、夜明かしをするときもあった。ついには公園暮らしで野宿する。ホームレスと変わらなくなった。着のみ着の儘状態だった。

肌もガサガサ。幽霊と同じ土気色。血色が悪い顔色。駅のトイレで鏡に映る人影。痩せた骸骨みたいな男が笑う。憔悴しきっている顔。こいつは誰なんだよ!!と恐怖を感じた。

ストレスは臨界状態。自分がここまで袋小路に追い詰められるとは、夢にも想像していなかった。商店街で寝ているホームレスとまったく変わらない。ここまでくると、職業訓練校に通ったり、資格を取ろうとする努力とか、挑戦だとか、そういうものが、すべてもうどうでもよくなった。何処まで漂流してゆくのか。自分でもわからない……。派遣の仕事も嫌になったから、行くのをやめた。

故郷の家族とは東京に来るまえから、一度も連絡を取っていない。もともと自分は、ある経緯《いきさつ》がきっかけになって以来、両親とは不仲だ。もう何年も疎遠となっている。他人にはちょっと話すことができない。複雑な家庭事情もあり、こちらから実家に連絡することは、まず二度とないと思う。

――卓也はそう決心していた。

新宿駅ですれ違った、自分と同年代らしき、一人のビジネスマン。卓也はその後ろ姿を、じっと羨ましそうにみつめている。そんな惨めな、自分自身にうんざりした。卓也は自己嫌悪に陥った。

新宿はオフィス街、繁華街、かつては危険地帯で不夜城として名高い歌舞伎町や、ゴールデン街などがある歓楽街もある。池袋や渋谷と並び、三大副都心の一つである。新宿駅周辺には大型量販店が集まり、昼夜にわたり、人波が途絶えることはない。東口には伊勢丹、西口には小田急、京王の両デパートや、ハルク、ルミネなどのショッピングセンターや、専門店が営業をしている。

何と言っても西新宿のシンボルになっているのは、超高層ビル街である。二十四時間光り続ける、眠らない西新宿。

夜空を照らし出す、夜行性の都会の街灯りを求め、多くの若者たちがここへ、集まってくる。

ところが一転して、超高層ビル街から少し歩けば、昔ながらの商店街や、長閑な風景の街並みもみかけられる。超高層ビル付近には、春にはソメイヨシノが咲き、夏にはビアガーデン。冬にはキャンドルが点灯される。都会のオアシスと呼ばれる。憩いの公園があり、冬のイベントとして〝キャンドルナイトが開催され、たくさんのキャンドルが灯されていた。

季節はもう十二月になっていた。

日中の公園はまったく人気《ひとけ》がなかった。卓也は閑散とした公園のベンチに腰かけた。

同時に空を見上げると、舞い降る白い粉雪が風に舞い、クルクル周囲に落ちてくるのがみえた。十二月に降った初雪は、まるで円舞曲《ワルツ》を踊っているようだった。卓也は、今夜もキャンドルナイトを楽しみにしていた。しかし、突然降り始めた白い雪のおかげで、今晩は中止になるかもしれない。少し残念な気持ちになった。

(マジかよ?!　でも雪じゃ仕方ないか)

ふっとそんな思いをめぐらせた。迷惑がられる雪。どちらかといえば嫌われ者。おまけに厄介者にされがちな雪……。卓也は幼い頃から、雪は嫌いではない。寧ろ大好きだ。雪は奇麗だし、天からの贈り物。天使の使いだと、ずっと心に思い留めてきた。雪で視界がまっ白になるホワイト・アウトの現象から、魔物や白い悪魔だと恐れられている反面、その真っ白な輝きに心を魅了されてしまう。雪深い故郷である信州の雪国は、毎年冬になると、数メートルの雪が積もる豪雪地帯だ。雪はどんなに汚いものでも、すべて覆い隠してくれるから不思議だ。理由《わけ》あり家族でもある卓也の家族と、不遇な子供時代。銀行員の父親と専業主婦の母親。両親の期待を背負い、小学校、中学校と成績優秀な優等生をずっと演じ続けていた。勉強ばかりしてきた過去の自分。そして葛藤。高校は地元でも、エリート進学校に入学した。

でも勉強に追いつけず、両親との確執もあり、結局のところ、勉強することを放棄した。大学へは行かなかった。高校を卒業後、就職した。仕事に就いて一人暮らしを始めた。結果的に、両親とはこのことが原因で、大喧嘩した。それ以来、卓也はずっと一人暮らしを続けている。卓也がお気に入りのこの公園には、アールヌーヴォー調のモダンな噴水が設けられ、今年からは初めてウィンターイルミネーションが同時開催されることが決まった。夜になると、周囲には異国情緒を思わせる、ビードロのような美しい発光ダイオード（ＬＥＤ）の街灯や、クリスマス・イルミネーションに明かりが灯る。公園には一年中、葉が落ちることのない、常緑広葉樹を湛えた、緑繁る、豊かな木々が生い茂り、都会らしく、その周辺には豪華なマンションや、高層ビルが立ち並ぶ。その他も西口の北寄り、戦後すぐに闇市がおこなわれ、そこから飲み屋街である〝思い出横丁〟が誕生。赤ちょうちんと呼ばれる小さな居酒屋が密集している地区がある。関東大震災後、新宿駅西口の歴史を物語る商店街も現存しており、繁華街として成長を続け、変化が著しい変わりゆく街並みの中でも、いまだに昭和の面影を残す場所だ。近所にＪＲの高架線。通称大《おお》ガードがみえる。下を走る道路は交通量も多く、交通の要衝であるために、夜間は著しく混雑する。南口には、国内最大級の巨大バスターミナルが開業。新しく東京の玄関口が誕生した（バスタ新宿）。

高速路線バスの乗降場からは、さまざまな人々の人生を乗せ、バスは日々走り続けている。卓也もまた、新天地を求めて三年前に、長野から上京をしてきたわけだが、せっかく東京で暮らしていても、大都会の景色を楽しみ、ゆっくり歩き、散歩をする余裕すらなかった。

働いていた頃は、勤務地と寮となっていたアパート間の距離を往復ばかりの毎日だった。東京観光らしきものは、何ひとつ、一度もしたことがなかった。淋しい都会での、一人暮らしが続いた。世界一の電波塔を誇る、有名な観光名所さえ、間近でみるチャンスもなかった。

改めて、自分自身の過去を振り返ってみる。自分の人生の中では、どんな環境であれ、いまが一番都会生活を、過ごしているんだとも実感ができた。新宿方面に近い、この場所へやって来たのは、つい最近のことだった。そして、見慣れぬ都会の景色に、すっかり圧倒されてしまうばかりの自分がいた。コンクリートジャングル、東京の風景。

日暮れはすぐにやって来た。夕方になるのが早い。クリスマス・イブが近いこともあって、何処からともなく、ジングルベルの音楽が聞こえてくる。都会の夜は、クリスマス一色に染まっている。駅まえのショップやデパート、大型量販店、駅ビルの店内も、赤と緑のクリスマスカラーと、サンタクロースの人形で飾りつけられている。明日は、とうとうクリスマス・イブだ。デパートのショーウィンドゥに飾られている、カラーボールを幾つもぶら下げた大きなツリーを眺めながら、卓也は途方もなく、歩き続けた。

かじかむ両手を精一杯にこすり合わせながら、吐きだす白い息をかけた。一生懸命に温めようと思うのだけれど、真っ赤な両手は完全に感覚を失くしてしまい、麻痺して思うように動かない。卓也の身なりも、不精髭が目立つようになってきた。髪もボサボサだ。

派遣の仕事をしながら、ネットカフェや漫画喫茶に寝泊まりしていた頃は、けっこう身なりにも気を遣っていた。ホームレスだと思われないように、シャワーを浴び、自分の体臭にも十分に注意を払い、臭わないようにしていた。その努力の成果か、見た目は普通の若者と同じくらい、なんとか小綺麗さを維持できていた。ところが、公園に寝泊まりするようになって、長期間こんな境遇が続いていると、最近はもうカミソリで髪を剃るのも億劫になってきた。面倒で仕方がない。

服を着古した長袖シャツの上に、薄いコート一枚着ているだけで、みるからに寒そうな恰好をしているのがわかる。一目で路上生活者だとわかるまではいかないが、何か事情がある様子は一瞥を投げかける通行人たちの視線、街を歩く人々の様子からもみてとれた。

宵闇に包まれて光輝く、超高層ビル街は、暗い夜空にまで届きそうなほど巨大だった。

薄暗い闇の世界に〝ピカッ〟〝ピカッ〟と赤い閃光を点滅をさせながら、天に聳え立つ巨大な神の塔の頂きのように、巨大なシルエットを幾重にも、霞のように映しだしていた。卓也は、小雪がキラキラ降り頻る冬空の下で、いつまでもあきることなく、都会の象徴《シンボル》である超高層ビル街を仰ぎみていた。大都会、メトロポリタンな超高層ビル街に、呑みこまれそうな錯覚を覚えた。人々は皆、傘をさしながら、忙しそうに小走りで、卓也をどんどん追い越してゆく。自分だけが置き去りにされていくようで、それがとても寂しかった。

「俺、孤独じゃん」

卓也は、空に向かい、溜息をついた。

（いったい、どうしてなのかわからんけど、自分の人生は、こんな悲惨な目にあわなければならんのだろうか。一度でも底辺に張り付くと、ずっとそのままなのかい。派遣だとか、フリーターの仕事しかできない自分が、超駄目人間に思えて仕方ない。いくらもがいても、声を出しても、それはお前の責任だろうと言われてしまうだけだろ。自分がこんな劣悪な環境で暮らしているのは、きっと何かの天罰なのかもしれんけど……。ほんと情けねぇけど、やっぱ、俺のせいだよな。そうだろ)

子供の頃から、卓也は何か良くないことや不吉な出来事に遭遇し、災難がおこるたびにそれらをすべて、天から与えられた天罰だと思いこむ癖があった。強迫観念だ。

卓也がまだ、小学校に入学する以前の話だ。墓場で遊ぶのはいけないと、口煩い母親がぼやき、小言をならべるのを聞き、わざと墓地へ遊びに行ったことがある。

幼い頃に特有な些細な好奇心ともいうべきか、反抗心。小さな悪戯心は、誰にでも覚えがあるはずだ。

墓地へ到着すると、小石を墓石にめがけて、思いっきり投げつけた。

すると小石は、墓石のど真ん中に命中し、そのまま凄いスピードで跳ね返り、卓也の顔面を直撃した。

ちょうど、わずかに眼球は逸れたものの、瞼の上に小石はぶつかり、小石の尖った鋭い切っ先が強く当たったことで、大怪我をした。切れた瞼からは、真っ赤な鮮血がダラダラ流れ、流血した顔面は血塗れに赤く染まった。卓也の左目は、お化けのように腫れ上がった。『悪事身に返る』（悪事を働くと天罰がくだる。罰があたる）そんな諺がある。

ただの迷信かもしれないが、それ以上、卓也は子供心にも、悪いことをしたら罰を受けるという現象を身に染みて思い知った。ここに神仏の存在をはっきりと認識したわけだ。

幼い卓也は、この事件（天罰？）がきっかけとなり、神仏に付する絶大な恐怖の意識が心に芽生えた。成人として成長してゆく過程《プロセス》でこの奇妙な思いこみは、ますます解釈の仕方が病的になり、それらを気にしてしまうようになった。

それから、数十年の歳月が過ぎ去った。大人になった卓也は、魔術部屋でグループチャットの仲間たちと、古代文明や、世界の七不思議に登場する、ロードス島の巨人像など、巨人に纏わる話題を論じていた。そのとき、偶然にも、冬の夜空に輝くオリオン座として有名な、ギリシャ神話に登場するオリオンが、王の怒りにより、両目を潰され、罰を受けていたことを知る。卓也自身も例の墓石に悪戯をした（天罰？）事件で、過去に神仏の逆鱗に触れ、ともすれば左目に大怪我をするところだった。ほんの偶然が重なっただけなのかもしれないが、そこに必然的な何かしらの、因果関係が絶対なかったと言いきれない。そうでなければ、僅かな時間で偶発的に、瞬時の間に度重なる因果関係が、そう簡単に交錯するはずがない。自分と同じように罰を受け、神話の題材にされたオリオンに興味をそそられた卓也は、逞しい巨人である「天の狩人座」と呼ばれる、狩人のオリオン（オリオン座）の由来をネット検索して、詳しく調べてみることにした。イギリスの天文学者フラムスチードによって、星図が描かれた星座でもある。冬のランドマークであるオリオン座。満天の星空。冬の夜。可憐に瞬《また》く星屑たち。夜空を見上げると、宝石箱を夜空一面にひっくり返したような、美しい宝石が散りばめられた星の雫が輝くなか、南の中空にオリオン座は明るい星を輝かせている。オリオン座は宝石箱。銀河系内で、最も星形成の盛んな場所のひとつとして知られているオリオン座の大星雲は、星が生まれるところ。誕生する星々は、オリオン大星雲でつくられている。星雲は、狩人であるオリオンの腰から下げている、剣の鞘の部分にある。オリオン座に明るい星が多いのは、新しく生まれ変わる、若い星々がたくさんあるからだ。

バビロニア時代のメソポタミア地方では、すでに知られていた古い星座。古代ギリシャの叙事詩にもその名がでてくる。

オリオンの肩にある一等星はベテルギウスと呼ばれる星で、約五百光年にある超巨星の赤い星。まるで深紅に燃えるルビーのように光り輝く星だ。巨人の左足に由来するサファイアのような青白く輝く一等星は、リゲルと呼ばれる星で、こちらも約八百光年にある超巨星。なかでもオリオンの印象的な三つ星は、ひときわ目につく。オリオン座の三つ星は誰にでも、すぐ簡単にみつけることができるくらい、夜空で燦然と輝いているのでよくわかる。冬の星。オリオンの三つ星の並びは、ベルトにあたる星で三つ星は右側からミンタカ、アルニラム、アルニタクと名付けられている。三つ星を取り囲む四つの星が、オリオンの胴体部分になっており、オリオンの肩にある赤い光ベテルギウスと、両肩の線を左に延長した場所にあるのが、こいぬ座にあるプロキオン。

三つ星を左に延長した場所にあるのはおおいぬ座にある、ひときわ明るい星シリウスの一等星で、この三ヶ所を結べば、三角形を描くため、天体観測で夜空を見上げれば「冬の大三角形」として、天文学の事典によく紹介されている。冬の星座は、この「冬の大三角形」から探しだしてゆくとわかりやすい。

その昔、時計がまだなかった頃に、時刻を知らせるのは星だと考えられてきた。北の空を、一日で一回転する北斗七星。ひしゃく形の星の並びをしたひしゃく星は、大熊座の一部にある。ロマンチックな七つの星。天にかかる、大時計の役割をしていると伝えられる。地上を照らす、北極星《ポラリス》を探すシンボルになる星だ。北斗七星のひしゃくの部分。水を流す方向の先に、北極星がみつけられる。古来から、天の赤道にあって真東から昇り、真西に沈むオリオンの三つ星も、方角を表す星だとされ、船が針、空が羅針盤《コンパス》の役割を果たすことで、大海原に乗りだす、航海士の道標となっていた。

そのために、航海する船乗りたちからも、珍重されてきた。オリオン座が昇る方角から、沈む方角を知ることで、船乗りたちが地図上、海の道を辿りながらも、自分たちが存在している場所をみつけられる。星を目的に進めば、自分がいる場所、おおよその位置を把握することができるわけだ。

日本の古い呼び名では「黄金三星《こがねみつぼし》」。またはクガニミチブシや「三星様《さんじょうさま》」「三光《さんこう》」と呼ばれ、昔から人々に敬まわれた名残があるという。特徴がある、オリオン座の長四角のなかに三つの星が輝く形から、このことから「つづみ星」との異名もあるといわれる冬の星。

同じようにほぼ一年間の間、天球の北極に近く輝く星で、日周運動でほとんど位置を変えない、真北の目安となる北極星《ポラリス》も、やはり羅針盤代わりとされ、現代でも世界中の人たちから、崇高な対象だとされ、大切に扱われている。古来中国には北辰《ほくしん》信仰なるものが信じられ、北極星・また、北斗七星は神だとされ、宇宙をつかさどる神であると、帝居、天子のたとえにされてきた。夜空に鎮座し、動かないためだ。

凍てつく寒い夜。木々の梢の間から、真冬の星が綺麗にみえる時期。冷たい北風が吹き、青い夜空が吹き清められる。プラネタリウムさながら、美しい星空を垣間みることができるのは、一年のうちで、この冬の季節だけだ。このときほど、夜空に舞う星が綺麗にみえるときはない。凍った夜。美しく、星が瞬く。

ギリシャ神話によると、海神ポセイドンの息子オリオンは、美男剣士で名うてのプレイボーイであったとされる。その彼が、キオス島の王オイノピオンに招かれたとき、王女を見初め、結婚を申し込む。しかし、王が結婚の許しを与えなかった。ギリシャ神話のエピソードでは、はらいせに、怒り狂ったオリオンは、乱暴を働き、このことが原因で、乱暴した行為の罰なのか。彼は酔った隙を突かれ、怒った王によって、両目を潰されてしまうのだ。

盲目になってしまったオリオン。ところが、この神話にはまだ続きがある。彼は東の国で朝日を浴び、最高神ゼウスに懇願したことで、再び視力を回復してもらえたそうな。

時代や文化を越え、人々を惹き付けるヘレニズム時代に物語性を深めた、ギリシャ神話のなかには、さまざまな説の神話が残る。

この他にも勇者オリオンは、地上の鳥獣を、すべて自分が射取ってみせると高言をしたことで、大地ガイアの怒りに触れ、刺客である、大蠍に刺し殺され、星座になったという逸話もある。冬にしかみえないオリオン座。オリオン座と夏の星座である蠍座とは、天球面で一八〇度離れているため、同時に天空にでることはない。神話では、勇者オリオンが蠍の毒で死んだから、蠍が昇ると、オリオンが地平線の下に隠れてしまうという物語までが伝えられるようになった。オリオン座が沈みかけると、蠍座が昇ってくる夜空の摂理（自然界を支配している理由）など、面白い説があるのが興味深い。

卓也にとってのオリオン座の形は、巨人が夜空で爪弾く、セレナーデ。そのメロディーを奏でる、優雅な竪琴に思えた。


そして神話の他にも、古代文明や遺跡に、過去からのメッセージが残されており、古代エジプトでは歴代の王《ファラオ》たちが、壮大な神殿や礼拝堂、巨大な建造物をたくさん造りあげた。

なかでもその荘厳な姿は、全体が岩山に掘りこまれた岩窟《がんくつ》神殿。

アブシンベル神殿に代表されるように、ラメセス二世は、ヌビアのナイル河畔の断岸に巨像を彫り、自らを神と同じ位置付けだとした。王の権勢がいかに、強大なものであるかということを誇示した。

のちに太陽神と結びつけられたこの巨大な四体の像は、当時の人々に計り知れない神への崇拝の念と、偉大なる神への恐怖心を抱かせた。

卓也にとって神の姿というものは、この巨大な像とまったく同じ部類のものであり、像を見上げた人々と同じように、自分は神に征服された隷属者なのだということをよりいっそう強く感じ、強い信仰心と、強靱な宗教心を植えつけられたようなものである。神とは人智を越えた巨大な存在であり、無限なるものであるかのように思われた。

神とは何かを問う。

全知全能の神。恒久に続く、生成消滅のない永遠性に参与する、不変の存在。最高の支配者。それは唯一無限で普遍なるもの。

この世は神の摂理（世界を支配する意志）によって定められている。神の知性によって善なる世界がつくられる。人間を超越した威力を持ち、人智の及ぶところではない。計ることができないもの。人間が畏怖し、畏《おそ》れ、祀《まつ》り、祈り、奉《たてまつ》る、古《いにしえ》の遥か昔より、幾世代にもわたり、人々から崇敬を集め、尊崇をされてきた、隠れた存在。

人類に禍福を降ろす天子の威光であり、天雲の雷《いかずち》の上に坐《いま》す（禍福は糾《あざな》える縄の如し）。人間は霊魂を宿した、物質である肉体を持ち、知性を持って真理を求めようとする本性を持つ。神秘的な忘我の境地でなされる、有智《うち》なる光、知性の光に満ち溢れ、光そのものとなるために、神の信奉者として、神への観念を伴う喜びの感情を、心のなかに思い描くことで、神に対する知的愛を感じることができるのだ。その卓越した光こそ「神」である。この神の愛は、神自身が、自らの一部である人間を介して、自己を愛することでもある。すべては流れ去る。すべての事象は過ぎ去るものだ。再び繰り返すが人生は一時のもの、すべては流れ去る。諸行無常の人生は夢のごとし。人生の空しさ、有為転変。有為無常、物は千変万化し、命の無常さを感じさせ、変化しては消え去り、神だけは永遠に過ぎ去ることがない存在。目のまえのことに一喜一憂せず、自然の流れ、宇宙（マクロコスモス）の秩序と調和して生きること（ストア学派）。

そうすれば、威厳ある畏敬の念を敬う神霊、威霊の一筋の光明、神なる光で、罪深き人間の精神（心）を照らしだしてくれるものなのだ。それが光の神から齎《もたら》される〝神の愛〟。人間こそが、唯一智慧を持ち、（神）との一体を目指す存在であるのだから。

暗い闇の訪れと共に、卓也は今日もまた、都会の夜に呑み込まれた。冷たい夜の闇が、卓也のもとへやってくる。

何処か体を温められる場所を探して、卓也は駅の構内や駅ビル周辺を彷徨い歩いた。

夜も更けて、続々と駅ビル内の店舗もシャッターを下ろし、営業時間を終えた、店員たちも帰り始めた。

やがては最終電車の到着と、ときを同じくして駅も就業時間を終了した。駅の構内から、卓也は外に放り出された。時計をみると深夜を過ぎ、日付は翌日の日付になっていた。

クリスマス・イブの日になっていた。卓也は仕方なく、近くにあったコンビニに入った。入口の自動ドアが開き、明るい店内には、大学生らしき若い店員が一人いるだけだった。

「いらっしゃいませぇ」とアルバイトらしき男性店員は、大きな声で挨拶をしてきた。

卓也は雑誌を買うふりをして、本を立ち読みして時間を潰した。雑誌のページを捲りながら、思案をめぐらせていた。

（これからどうしようかなぁ……。今日はクリスマス・イブだろ。そして明日がクリスマスだ……。クリスマスから、大晦日、明けて正月五日までと、毎年、年末年始はこの先にある都内公園の近くにある、支援団体の私有地で炊き出しの年越し村が造営されることになっているから、おにぎりや、何かしら炊き出しの食事がもらえるはずだもんなぁ。しんどいけど、朝になったら、ちょこっと朝メシもらいに行ってこようかな）とそんなことを考えながら、手に持っていた雑誌を雑誌コーナーに戻した。そのときだ。卓也は視線を感じて、背後を振り返った。レジの場所から、男性店員がこちらの様子をじっと窺っているのがみえた。一時間近く店内にいたが、男性店員が訝しげに、卓也に視線を送っていることがよくわかり、自分の行動を注意しながら、一挙一動を監視しているようだった。

卓也は、居心地が悪くなってきた。やはり、朝までいられないと思った。すぐに店を出る決心をした。そのとき、ふっと何を思ったのか、弁当やおにぎりがたくさん陳列をされている、ショーケースの前に立ち止まった。無意識のうちに並べてあったおにぎりを二個つかむと、咄嗟にコートのポケットに入れてしまった。

その後、何事もなかったように素知らぬ振りで、コンビニから出ようとしたまさにそのときだ。

「これ、君が落としたものでしょう？」

穏やかな男性の声がした。その声を聞き、卓也はハッと我に返った。心臓が飛び出しそうなくらい驚いた。額からは、冷や汗が噴き出してきた。魔が差したとはいえ寸前のところで、自分は〝万引き〟という立派な犯罪行為をしてしまうところだった。後ろを振り向くと、声と同様に穏やかな雰囲気を漂わせた、老紳士が立っていた。スラリッと背が高く、みるからに礼儀正しく、白髪で口髭を生やした、ロマンスグレーのような風貌。身綺麗なやさしそうな男性だった。黒いスーツを着た、何処か有名企業の社長や、会社役員のような男性は、右手に持った五千円札をヒラヒラと、卓也のほうへ差し出した。

「これっ、いま落としましたよ。君のお金でしょう?」と微笑みながら、五千円札をしっかりと卓也に手渡した。

（マジか?! いや、違う。俺は金なんか持ってないよ。俺のじゃない。絶対に俺の金なわけないじゃんか。だって、俺の金であるハズがないじゃん。俺の財布のなか、二十円しかないもん……。ほとんど無一文なんだぜ）と思いながらも、男性から五千円札を受け取った。違うと断って、金を返す勇気など卓也にはなかった。男性は諭すように卓也に注意した。

「いくらうっかりしていても、会計はきちんとしないとだめなんだ。泥棒になるんだ」

その言葉を聞いた瞬間、仰天した。今度も心臓が止まりそうなくらい、勢いがある驚きに、返す言葉すら思い浮かばなかった。

「会計を済まさずに、このまま店から一歩でも外に出たら、君は犯罪者になるんだぞ。警察に捕まるんだよ。今日と同じような万引きを繰り返せば、窃盗犯として逮捕をされる。刑務所に服役しなければならないんだから。さぁ、コートのポケットの中身を全部支払いなさい」と卓也は、老紳士から忠告を受けた。

（全部目撃されていた⁉）

驚愕の思いに、卓也は目を丸くした。何も答えられなかった。その後、老紳士をみつめた。

「さぁ……」と言いながら、卓也の腕をやさしく摑み、老紳士はレジ前で、支払いを済ますように促した。

「君は、ご両親はいるのかな？」

老紳士の質問に、卓也は戸惑った。田舎で暮らしている両親とは、縁を切って以来、疎遠になっている。音信不通だ。不仲になった原因は、進路をめぐり、言い争いになった際、父親からの厳しい一言がきっかけだった。父親から「お前なんか、もう俺の息子じゃない。出て行け」と足蹴にされたことだ。親子は大喧嘩。殴り合いになったが、母親は最後まで、卓也を庇ってくれなかった。このときの、二人の態度がどうしても許せなかった。高校卒業後、父子は喧嘩別れ。息子は、就職と同時に自宅を出た。その後は、二人とは一度も会っていない。どうせ、自分は必要がない人間だし、あんな奴ら家族じゃない。両親とはもう二度と、会いたいとは思えないし、会うつもりもなかった。自分には家族がいない。卓也はそう思いながら、これから先も、一人で生きてゆこうとそんな覚悟を決めていた。

「身内は誰もいません。天涯孤独なんで」

卓也が答えた。すると、返事を聞いた老紳士は、卓也に向かい、やさしく微笑んだ。

「そうか。じゃあ。やっぱり、私が思った通りだったんだなぁ。このコンビニで君をみかけた途端に、長年の勘でそうじゃないかと思ったんだよ。世知辛い世の中だモンなァ。大勢の若者たちが仕事を失い、住む場所まで奪われているんだ。明日の社会を担う若人《わこうど》が、多様な理由で、ハウスレス状態に陥ってしまっているんだけど、もしかしたら、君もそんな若者たちと同じ仲間なのかと思ってね。可哀想になァ。何処か、行く当ての場所があるのかな。もしなければ、私と一緒に来るといいよ」突然の老紳士からの申し出に、卓也は慌てた。

「えっ!? マジっすか!? でも、やっぱ悪いからいいっス。俺、ご迷惑かけられないし……」

初対面でコンビニのなか、たまたま巡り合ったばかりの人物と、一緒に行くのはさすがにマズイだろう。そう思った卓也は、丁寧にその話を断った。老紳士は頷きながら、

「じゃぁ、仕方ないか」と、再びやさしい微笑みをみせた。店員も、卓也がした万引きに気がついているようだった。連絡したのだろうか。いつの間にか、店長の名札をつけた男性がレジまえに立っていた。卓也に向かい、何か文句を言いたげだったが、

金を支払ったので何も言えず、ジロジロと睨みつけながら、ブツブツと独り言を呟いていた。支払いを済ませた卓也は、あの老紳士を捜したが、店内の何処にも、もうその姿をみつけることはできなかった。急いで店を飛び出して行方を追ったけれど、その姿は何処にも見当たらなかった。

真冬の寒い、雪降る夜……。ネオンが光り輝く、繁華街の明るい照明に照らしだされた、アスファルトの道路に、雪がしんしん降り積もっているだけだった。街灯や道路脇にある街路樹も、デパートや百貨店などの建物。オフィスビル、コンビニの屋根、車のボンネット。遠目にみえる赤ちょうちんをぶら下げた、闇市を起源とした飲み屋街、思い出横丁の周辺も、真綿のような白い積雪に埋もれているだけだ。すべてが、白い世界に包まれていた。付近一帯が、銀世界に埋まっていた。

深夜の交差点、雪のためか、高架下の道路も、いつもの騒がしい喧噪がまるで嘘のように、ひっそりとした街。都会の夜が、眠りこんでいるかのようだった。時折、人の気配がして、雪を踏み鳴らす足音と、静寂を防げるような車の通り過ぎる音だけが、周囲に響き、人の姿も疎らだった。

降り頻る雪のなか、非日常的な白い都会に、聖なる静かな夜が果てしなく、何処までも続いてゆくようだった。

卓也はその場に立ち竦んだ。

（マジかよっ⁉　あのヒト、一体何者だったんだろ。店の関係者だったのかな？　それとも私服警備員⁉　～っか、やっぱただの通りすがりの人なのか。そう思えないケド。いずれにしても、不思議なヒトだったよな。親切で穏やかな、あの男性はどんな人なんだろ。本当はあの金もさ。マジで俺を助けるためにわざとくれたんだとしたら……。さっき、俺が通り過ぎたとき、店内のあの場所に五千円札なんか、絶対に落っこちてなかったじゃん。俺に金をくれる筋合いなんか、何もないじゃんか。この世の中、何処にそんな物好きな人間がいるんだよ。普通、いねーよ。世界中を探したところで、そんな奴はいないぜ‼　だけどさ、もし、もしもだ。やっぱし、本当に俺を助けようとして金をくれたなら、そんな親切で善良な人間が、リアルにこの地球上にいるんなら、もう一度会ってさ、お礼に感謝の気持ちを伝えたいじゃんか。絶対にまた会いたいじゃんか‼）

雪は激しさを増し、都会では珍しく、吹雪となった。今日はクリスマス・イブだ。明日はホワイトクリスマスになるだろう。

子供たちは枕もとに靴下をぶら下げ、プレゼントを待っている。聖者のような、善意に満ち溢れたヒト。心やさしいあの人物は、きっと卓也のもとへやってきた、サンタクロースだったのかもしれない。

――卓也はそう信じていた。

二　章

朝になると、雪はもう降り止んでいた。

炊出し年越し村の入口には、まだ早朝だというのに、すでにもう黒山の人集《ひとだか》りができていた。受付の他に、就活（就職）支援やボランティア、物資の差し入れをする人々の姿もあった。薩摩芋で作った、豚汁の炊き出しがおこなわれていた。

パンやおにぎりの救援物資も配られていた。日用品や衣料品も配られ、その他に水飲み場でもある、小さな水場があり、若者たちの姿に紛れて、何人かのホームレスの人々が集まってきていた。ポリタンクやポリバケツなど容器を持ちこみ、水を汲んでいた。

混雑する人混みのなか、見覚えがある顔をみつけた。昨晩、卓也に五千円札を手渡してくれた、あの老紳士だった。まさにもう一度会いたいと卓也が願い、捜し求めていた人物と、奇蹟の再会を果たすことができたのだ。彼は卓也よりも、ちょっと年上っぽい男性と一緒に、二人で歩いてきた。老紳士と一緒にいたのは年齢が三十歳くらいで、背が高く、ガッシリとした体格をした巨漢の男だった。

この巨漢の男は、ジョナサン・スウィフトの名作『ガリヴァー旅行記』に描かれた、ガリヴァーみたいな大男だった。男はこの無知蒙昧な人間と社会の愚鈍さを描いた、小説の主人公によく似ていた。赤く染められた、縮れた髪の毛は、みるからに凶悪で、野蛮そうな男だった。赤銅色の赤ら顔をした大男は、射るように突き刺すような鋭い視線で、卓也のほうをぐっと睨みつけた。二人は、どんどんと卓也の側に近付いてきた。

「おやっ君は昨夜の……。メリークリスマス」

老紳士が卓也の存在に気付き、視線を向けた。目が合った卓也は笑顔をみせた。一礼をした後、老紳士がサンタクロースにみえた。

「あっはい。昨日の夜、コンビニで会いましたっけ。あんときはどーも。俺どうしても、もう一度会ってお礼言いたかったんスっ。なんであの金。わざわざ俺にくれたんすか?」

卓也の突拍子もないことを聞く質問に、老紳士は大きな声で笑い声をあげた。

「ハッハッハッ。いや、もういいじゃないか。そんなことは気にしなくてもいいんだよ。あの金は、本当にあのとき店のなかで、あの場所に落ちていたんだ。——それでいいじゃないか。じゃなきゃ、あの金はきっと神様が君を助けるためにくれたんだよ。困っている青年がいるのを知った神様が、偶然を装ってくれた金、それだけのことさ。それよりも、やっぱり君もここへ来たんだね? 何処にも行く当てもない、天涯孤独な身の上なんだろ。生活の面倒なら、私が協力してあげられるよ。本当に何も心配しなくていいんだよ。どうだい、私たちと一緒に来ないかい？」

「えっ？　ほんとスかっ」

「ああ、隣にいる彼。スギモト君というんだが、君と同じで、彼も天涯孤独な身の上なんだそうだよ。ついさっき、彼も私のところに一緒に来ることを決めたばかりなんだ。もう三週間以上、満足な食事もしていなかったらしくてね。ここで炊き出しの食事を施されようと並んでいたところを、私がみつけて声をかけたんだ。ここへ来る以前は、河川敷の堤防に置いたダンボール箱に住みついて、ホームレス暮らしをしていたそうだよ。私も本人に過去の生い立ちや、詳しい身の上話は、一切合切聞かないようにしているんだよ。みんなそれぞれ、過去を背負って生きているだろ。過去がない人間なんかいないんだ。人には話したくない、話せない過去もあるだろうからね。一年まえに、大阪から東京に流離《さすら》ってきたということ以外は、彼から何も聞いていない。東京には、誰一人知人がいないそうだから、まったく孤独なんだそうだよ。身寄りも家族もいないんだ。可哀想にね。気の毒だな」

老紳士は、卓也にスギモトさんとやらを紹介した。

「へーェ、わぁ、そうなんスかっ。フーン」

卓也は他人事といった感じで、スギモトさんの顔を覗きこみ、興味津津に、大男の風貌をマジマジじっくり観察してしまった。

スギモトさんは体中のいたる部位に、派手な刺青《タトゥー》が入れられているのか。真冬だというのに、サンダル履きの素足にまで、幾何学的な模様や図形、アルファベットの文字がみえた。鼻脇や唇などの顔面にも、鉛色をしたピアスが飾りつけられていた。

「実はね。あと二、三人声をかけてこようと思っているんだ。なぁ、君。ああ、そういえば、まだ君の名前も聞いてなかったなぁー。でもまぁ、名前なんか、どうでもいいか。どーせすぐに必要なくなるんだからね。心配いらないよ。体ひとつあればいいんだ。仕事も住む場所も、本当に何も心配いらなくなるんだネ。私が保障するよ。君も、我々と一緒についてこないかい?」

「はぁ——……。ほんと、俺も一緒に行っていいんすか?」

「ああ、勿論だとも。将来への不安や悩みなんか全々なくなるんだ。こんな素敵なことはないよ。じゃぁ、あと数名、一緒に連れて行ける若者に声をかけてくるから、二人でちょっとここで、待っていてくれないかな?」

「はい」と卓也。

「スギモト君も、悪いねぇ。頼んだよ」

スギモトさんは無言のまま、首を縦に動かし、頷いた。

老紳士は急ぎ足で歩きだした。

炊き出しを待ちながら、集団のなかで長蛇の列をつくり、並んでいる若者たちに、次々と声をかけ始めた。その様子を眺めていた卓也は、ついある事柄が気になりだした。

何故か理由は不明だけれど、例のごとく、最初に聞かれた『家族はいるのか』と問われた質問に対し、身寄りがないと答えた若者だけを選別してから、しつこく勧誘をしていることに卓也は気付く。

「〜っか、あのヒトは何者なんすか？　やたら『家族がいるのか』だとか『身寄りがあるかどうか』を気にしますけど。天涯孤独な若者を保護することが目的で、命を守るセーフティーネットに備える活動をしている。非営利な民間組織の職員だとか？それとも地域を守るボランティアをしてるんですか？　都庁や行政の職員とかなんすかね？　じゃなきゃ、よくテレビで観るけど、生活保護を申請させた後、生活保護費を騙し取って搾取する、貧困ビジネスやってるのかも……。あっわかった、もしかすると、やっぱ、いま話題になってるブラックバイトしか紹介しない、悪徳手配師かなんかすか？　あっ裏サイト!?　人身売買とか振りこめ詐欺集団みたいな？　裏ビジネスに関係した、裏のブローカーみたいな人物だとか。さっき俺の名前を聞こうとしたけど、すぐに必要なくなるから別にいいだとか、聞くのやめるだとか、すげぇー、奇妙なことばっか言ってたじゃないすかっ。どーいう意味だったんだろ。マジ激ヤバなのかも……」

卓也はスギモトさんに話かけた。

「さぁな。自分で聞いてみろや」

初めて聞いたスギモトさんの声は、卓也にとってショッキングだった。凄みを利かせた濁声に思わず、圧倒された卓也は、直感的に、

（なんかヤバくね？　このヒト絶対に堅気じゃないよね。マジで危険人物だろ。めちゃくちゃふてぶてしい面構えもただ者じゃねぇし、超威圧感すげぇー。何者だよ!! もしかしたら暴力団《ヤクザ》かよ）と想像をめぐらせてしまった。なるべく距離を保ちながらつき合ったほうがいいと思い、それ以上はもう話かけるのをやめた。

しばらくすると、老紳士は一人の青年を一緒に連れ、卓也たちのところまで戻ってきた。青年は、みんなのまえで自己紹介をした。

生まれ郷里が東京。斉藤祐太という名前の二十七歳。感じが良さそうな青年だった。

卓也と同じ年。とても実直な感じがする。真面目そうな雰囲気をした人物だった。事情を知らなければ、ただ年越し村に遊びに来ただけの、育ちがいいお坊ちゃんのようだった。外見は理知的な顔つきで爽やかな印象。色白で細身の体は、現状彼がしている、こんな炊き出しを貰い受けるような、惨めなホームレス暮らしとは無縁に思え

た。

老紳士はみんなに声をかけ、

「じゃぁ、行こうか」と歩きだした。

続けて、年越し村《ここ》から出発をして、ある場所までみんなを案内するので、自分の後についてくるように指示をした。卓也、スギモトさん、祐太を小型のマイクロバスが駐車してある、駐車場《パーキング》まで連れてきた。駐車場は、年越し村から歩くと、徒歩二、三分くらいの距離にあった。道路を渡り、陸橋を横断すれば、すぐ近所にある場所だった。マイクロバスの窓ガラスには幾つもの人影が、陽炎に揺らめく幽鬼のように、ぞろっと重なって映りこんでいた。

バス内を覗きこんでみると、数人の老若男女が乗っていることがわかった。若者が多かったけれど、よくみると、それ以外にも中年のおじさん、奇麗な美少女、オバちゃんの姿もあった。だいたい、全部で十人くらいの人物が、マイクロバスのなかに乗っていた。みんな老紳士に町中で声をかけられ、一緒に行くことを決めた人たちばかりだそうだ。

先にマイクロバスに乗車していた、髪をピンク色のヘアピンで留めた美少女が、車窓から顔をだしてそっと教えてくれた。彼女も自分たちが、これからいったい何処まで連れて行かれるのかを知らされてはいなかった。

行き先は不明のままだ。まだ誰一人として、知っている者はいないようだ。

老紳士はマイクロバスの乗り口のまえで、乗車するように、卓也たち三人を促した。卓也は、祐太の隣にある座席に座った。老紳士とスギモトさんは、卓也たちのまえにある座席に座った。

運転席に座っていた運転手《ドライバー》は、五分刈りのヘアースタイルに、白髪が混じった、胡麻塩頭をしていた。卓也がみた限り、運転手の容姿はチビで醜く、一昔まえ、当時子供たちに絶大な好評を博し、大人気だった口裂け女や、魔界シリーズの決定番。ザ・人面瘡《じんめんそう》、トイレの花子さん、怪物男といった伝説の怪奇ホラー漫画の怪物男にそっくりだった。全身黒尽くめの恰好は、まるで烏《カラス》か。死を嗅ぐ、死者を呼びこむ不吉な鳥。これから、まさに荼毘に付するため、死者を火葬場へと送り出す、闇の葬列を執り仕切る、魔界からの使者。悪魔界の闇ガラスといった感じの人物だった。

マイクロバスが発車する寸前、卓也たちを追いかけてきた連中がいた。年越し村にいたホームレスの人たちだ。老紳士のところに駆け寄ってきた。自分たちも、一緒に連れて行ってくれと懇願してきた。どうみても、全員シルバー世代の高齢者だ。老紳士は品定めをするように、彼らをじろじろ眺め「仕様がないなァ」と困り顔をした。するとと本当は若者がいいんだが、まぁいいだろうと呟いた。ホームレスの人も、マイクロバスに乗せてあげた。

バスが走り出した。卓也はバスの車窓から外の景色をみつめたままでいる、祐太に言葉をかけた。祐太に、自己紹介の続きを聞かせてくれるように頼んだ。卓也は自己紹介の続きをどうしても、もっと詳しく聞きたいと願っていたからだ。さっきは老紳士が側にいたので名前と出身地くらいしか、聞くことができなかった。隣に座っていた祐太は、顔を下に向けたまま、目を伏せ、しばらく黙りこくっていた。長い沈黙が続く……。無言のまま、じっと押し黙っていたが、何度もしつこく、卓也に頼みこまれたので、ようやく話す気になったのか。卓也のほうに顔を向けて頷いた。老紳士じゃないが、もう過去を思い出したくなかったかもしれない。詮索されたくなかったのだろうか。寧ろ、辛い過去の記憶は忘れたかったに違いなかった。でも、今回だけは特別に、卓也のために、話してくれる気になったようだ。聞けば、昨年の6月までは、自動車製造工場の派遣社員として働いていたが、不景気のため、派遣期間を残して解雇されてしまったのだという。所詮、派遣はコストカットを理由に、簡単に解雇されてしまう。祐太の場合も、派遣切りと同時に、住んでいた寮をすぐに退去させられていた。子供の頃から、アニメが大好きだった彼は、高校卒業後、フリーター生活を始めた。ピザ屋の店員、印刷工場の作業員、レンタルショップのスタッフなど、アルバイトを転々と渡り歩きながら、たまに声優のオーディションを受けたりしていたようだ。ラジオ番組やアニメ制作会社のオーディションなんかを受けてみたが、結局駄目に終わったらしい。プロダクションセミナーも受けてはみたものの、実力よりもコネだとか、運頼みがあるところの世界だから、最後まで、彼はチャンスを得ることはできなかったそうだ。

「有名な声優や俳優、ミュージシャンになった人たちは、みんな辛いバイト生活をしながら、のし上がっていた、だなんて話を聞けば、誰だって頑張ったら、いつか絶対に自分にも、チャンスが回ってくるかもしれないと思いがちだ。もしかすると、自分でも成功できるんじゃないかと勘違いをしてしまう。若い頃は、やりたいことをやりたいと願う、熱い情熱《パッション》や激情《パトス》が暴走をしてしまうものだから、見当違いな、甘い幻想や思いこみを、自分に抱かせてしまいがちだ。かつては僕もそうだった」と祐太は寂しそうに微笑んだ。これを聞いた卓也は、まったく同感だった。夢なんか、そう簡単に報われるもんじゃない。最終的に「夢なんか叶わないじゃん」と呟き、それで終わりだ。

夢なんか叶うもんかと疲れた大人や、「それが世の中さ」と冷めた厭世観《えんせいかん》で世を果無《はかな》む、悲観論を呟く、ペシミズムに世間なんか嘘っぽいと皮肉る、シニカルで、シビアな、意地悪い巷の声と同じようになってゆくだけだ。祐太の嘆く気持ちもよくわかった。いつの時代も夢は破れ、夢は無残にも、厳しい現実に打ち砕かれるものだと決まっている。

夢は自分を傷つけてしまうだけのもの。夢はいつも傍にいるけど、一緒にいるとしんどくて、たまらなく苦しくなるものだ。だから、人間《ヒト》は夢を手離す。いや、簡単に夢と別れる。何故、人間《ヒト》は容易く、夢を捨ててしまうものなのか……。――祐太の話を聞きながら、卓也はそんなことを、自分なりに考えていた。その間も、祐太は身の上話の続きを、ずっと語り続けていた。祐太は自分の人生を振り返ってみると、その人生は声優になるには程遠く、憧れの夢は叶わず、苦労の連続ばかりだったと語った。

自分が中学一年生の頃には、すでに父親は亡くなっていたし、他界した父親に代わり、シングルマザーの母親が昼夜の関係なく、仕事に励み、パートをかけもちして働き、なんとか自分を高校まで卒業させてくれたのだという。ところがだ。その最愛の母親も二年まえに倒れ、突如癌宣告を受け、病院に緊急入院をしてしまった。肝臓癌だった。手術はしたものの、半年後には、癌が膵臓・肺・骨まで転移してしまい、一年後には、癌の闘病生活も虚しく、彼の母親は病室のベッドで息を引き取り、帰らぬ人となった。途方に暮れ、絶望の淵へ落とされた祐太は、その頃のことを思い出したのか、突然声を詰まらせて涙ぐんでしまった。瞳の奥に涙が潤む。理不尽な世の中。たった一人しかいない肉親を失い、ついに祐太は、母親の最期を看取り、一人ぽっちになった。天涯孤独となったのだ。その後は、しばらくの間、生活をしていく選択を優先させるため、声優の夢を一時中断させ、自動車工場で派遣の仕事に就いていた。一年間ほど働き、今年の6月に工場を解雇された後は、放浪生活を続け、今日まで生き延びてきたわけだった。この二年間。彼にとってはこの期間が、人生で一番失意のドン底だった時期なのは確かだ。そして、このとき卓也は、祐太が挫折しかけても倒れない、強靱な精神力の持ち主だったことも知る。目標を諦めたら、終わる。そこで終了だ。何もかも、すべてが終わってしまうということだ。

それは辛い状況のなか、プロダクションセミナーの講師たちが口を揃え。進路相談の際、生徒たちに対して、声優になるためのノウハウを教えるどころか、その反対で教壇に立ち、生徒を励ます立場の講師が、夢を諦めるように説き伏せ、説教を垂れていたという信じられない話を、祐太から聞き、卓也は仰天した。話の内容は「もっと真面な生き方をしろ。夢を締めることもひとつの勇気だ。いいかげん目を覚ましたらどうだ。地に足がついた生活をしろよ。君らのためを思って言ってやるんだぞ。締めはどんな場合にも、有効な解決方法なんだ。自分の生命、不運、すべて最初から締めていれば、深く絶望することもない。ましてや、他を恨んだりすることもないじゃないか。夢なんか持つ必要ない。いらない。夢なんか持つな。夢は持たないほうが成功できる。はやく、みんな目を覚ませよ!!　夢は人間を卑屈にする邪魔なモノだ。本当は君らも気付いているんだろ?　夢はいつまでたっても夢のままだってこと。だから夢だっていうんだよ。

悪いことは言わない。

――夢なんか、ただの妄想だろ。幻想なんだよ。夢を追って、ヒーローになれるヤツなんかほんとはいない。未来のヒーローになりたいとか思ってなれるなら、誰もみんな苦労なんかしないんだよ。声優なんかになりたいだなんて浅はかな考えは、いますぐに諦めなさいよ。時間の無駄だよ。人生は哀しいほど冷酷なんだ――」相手に対しての思いやりなんか微塵も感じられない、講師たちの罵詈雑言の言葉に洗脳され、プロダクションセミナーを辞め、去っていった生徒たちが続出した。自分を信じられずに夢に挫折した若者たち。

けれどもそんなときでも、逆境にもめげず、祐太は自分の信念をハッキリと貫く覚悟を決め、逆に夢を叶える決意を、そのとき強く心に誓うことが、できたのだと語ってくれた。祐太は翳りがない、真っすぐな瞳で、しっかりと卓也に、自分が夢を持って生きてゆく意義を話してくれた。卓也は自分と同い年でも自分より苛酷で壮絶な人生を生きている。頑張り続けている祐太の存在を知り、驚嘆《きょうたん》した。その一途で、純粋に夢を追いかけながらも、逞しく生きようとしている姿が、とても眩しかった。彼の人生と自分の人生を比較してみたら、自分のほうがまだ幸福なんじゃないかと思えた。だからこそ、どんな逆境にも負けないで、一人ぽっちで頑張って生きている祐太の姿に、卓也は励まされるような気持ちになったのかもしれない。夢を途中で放りだしてしまったら、そこで本当にすべてが終わってしまう。夢は夢のまま、永遠に叶うことができなくなる。実現したいと願っていることがあるなら、絶対にそれを投げだしてしまっては駄目だ。締めなければ、願いは絶対に叶うものだ。目標を持ち、努力を続けていれば、気がついたら夢が叶っていた。夢とはそういうもんだからだ。夢は願い続けなければ、絶対に叶わない。夢を諦めない限り、夢は自分自身を元気にしてくれるし、夢は勇気を与えてくれる。挫折しかけて心が折れそうになっても、何度でもめげることなく、挑戦し続けることが大切だ。高校卒業後、ずっと苦労ばかりしてきた卓也。いま頃になって、祐太の話を聞き、自分もやっと夢の大切さがわかってきたようだ。卓也は夢や憧れを信じ続けることが、一番大切なことなんだと悟ったのかもしれない……。チャレンジ精神さえ失わなければ、夢は叶うと信じた人にだけ、成功を約束してくれるものだから、他人の言説に弄ばれてはいけない。祐太の言葉通りなんだと、そう気付いた。そんな卓也だからこそ、祐太が頑張ろうとする意欲や、向上心を削ぎ落とすべく、「夢を持つな」と苦言を呈した、プロダクションセミナーの講師たちの考え方は間違ってると、卓也は大変な憤りを感じさせられた。少なくとも自分は、素直に講師たちの言葉をそのまま、受け入れることは不可能だと思う。自分だったら、やっぱり辛くて、哀しくて、大変な状況のときにこそ〝夢は締めないでね〟とやさしく励ましてもらいたいからだ……。それがいくらかでも、心の慰めになるものだし、嘘でもいいから、勇気づけてもらいたいときがあるのが、人間としての心情だと考えてしまう。嘘だとわかっていても励まされると嬉しいし、また頑張ろうと意欲が湧く。人間味がなく、悲情で心ない講師たちからの言説は、卓也にとっては人間が大志を抱く、熱い感情を掻き消そうとする、悪質な陰謀に思えて仕方なかった。祐太から講師たちの話を聞くなり、まず思い浮かんだことは〝弱肉強食は必然だ〟というルールだった。

弱肉強食の世の中で、弱い者は強い者に餌食にされる。それが世の習わしであるし、お約束ごとでもあり、決まりごとのようなものでもある。必然だという表現が使われたのは、弱肉強食というのは自然界では食物連鎖と同様に、生物の営みがある世界では当たり前のこと。当然、そうなる意味なんだということだ。

情けは人のためにならず。この法則からしても、ヒトに情けは無用だということか。

――将来、自分たちを脅かす存在になってゆく相手のために、誰がライバルを増やそうと、わざわざ御丁寧に授業《レッスン》してやろうと思う奴がいる。そんな奇特な奴なんか、何処にもいない。一人でも敵になる奴を蹴落として潰しておきたい。これが講師たちの本音なんだろうと卓也は思う。弱者は、強者に虐げられるもの。古今東西、峻烈を究める激しい闘いのなかで、強者は弱者を踏みつけ、更なる高い段階《ステージ》へと、高く昇りつめてゆくことができるものだ。厳しい生存競争を勝ち残り、自分の居場所を確保するため、弱者を排斥していかなければならない。〝自分さえ、儲かればいい〟行き過ぎた〝拝金主義〟〝自分さえよければ、他人はどうでもいい〟。モラルの崩壊。若者たちの無力感、妬み心を増長させてしまうような個人主義の格差社会。

講師たちの言説も含め、まさに現代社会を象徴するこの思想は、あまりにも弱者に冷淡だ。利己主義というよりは、自己中心的な冷たい価値観を持つ人が増えているのではないだろうか。反道徳主義的意識が蔓延したいまの御時世では、人々が寛容さを失ってしまっている。憎悪や嫌悪。嫌誘、欺瞞、軋轢に満ち溢れる社会。自分のことだけで精一杯。他人なんかどうでもいい。自分に関係がないことだったら、他人にも無関心。支援のセーフティーネットからこぼれ落ち、助けだされることがなく、知らんぷりをされてしまう場合もある。切り捨てられ、敗者となった弱者は、弱ければ弱いほど徹底的に謗《そし》られ、詰《なじ》られる。社会の片隅で傷つけられ、希望を失い、命を奪われてゆく。そんな現実があるだけだ。

卓也は自分なりに考えた。こんな世の中だからこそ、夢を描く大切さが必要なことを、みんなにわかってほしかったのかもしれない。だからこそ、卓也は夢を語る祐太を羨ましく思う、正直な自分の気持ちを伝えたかった。

祐太に心（魂）を揺さぶるような、熱い持論をぶつけてみた。するると、祐太はとても驚いた表情をしていて、いままで誰一人、自分が声優になる夢を励ましてくれる人物などいなかった。何かを相談できる相手や、友達と呼べる人物は誰もいない毎日だった。そう告げた。ようやく、祐太にとっては心から求めていた、本気で友達になりたいと思える相手と、巡り合うことができたのだ。

他人は薄情者、自分を傷つける存在でしかないと感じていた、これまで生きてきた祐太の世界観が、すべて崩壊した瞬間だった。

祐太は思いきって、卓也に友達になってほしいと頼んでみようと思った。慎重に言葉を選びながら、卓也に頼んだ。

「あれっ、あの、もしもだけど、嫌じゃなかったら、これから卓ちゃんて呼んでもいい？　やっぱ迷惑？　駄目なら別にいいんだけど……」それを聞いた卓也は「うん」と大きく頷いた。

「いいよ。別に。俺らタメ年だし、俺は祐太って呼んでもいい？　マジで嫌じゃなきゃ」

卓也も祐太なら、ネット仲間では得ることができなかった、リアルな友達になってくれるんじゃないかと素直にそう思えた。祐太の心意気と潔さが気に入ったし、親友になれると腹をくくった。

このときから、二人は友達になった。

走り続けているマイクロバスの車内。ふっと卓也が視線を前方に向けると、老紳士が手元に置いた、ノートPC《パソコン》の検索エンジンで、グロテスクな画像をダウンロードしていた。チラッとみた限り、不気味な物体が表示をされたと同時に、真剣な表情をした老紳士が、モニター画面を凝視したまま、キーボードのキーを叩く動作がみえた。

卓也が、ディスプレイに表示された画像に目を凝らせ、注視してみると、いきなり〝人肉マーケット〟のカラフルな文字が、視界に飛びこんできた。続けて〝死体加工工場〟や、〝人肉ファーム〟〝殺人市場〟といった際どい言葉がパソコンの液晶画面に乱雑していた。

生きた人間が食肉にされていく映像。かなり、気持ち悪い。グロテスクな動画が映しだされてきた。そして、それはなんと、驚きの動画映像だったのだ。動画の正体は、人間を殺して、殺した人間をリアルに通販するための広告。共有サイトで不特定多数に向け、アップロードされていた殺人動画。何やら怪しげな工場の様子。人間を商品に加工する映像。惨殺された死体が、山積みにされていた。血が滴る肉塊。手足が切断される瞬間の映像。ノコギリで斬られる腕と足。ハンマーで強打された瞬間、ピンポン玉に似た眼球が、勢いよく飛び出した老婆。宙吊りにされた人間。返り血を浴び、血塗れの衣服を着た作業員たち。ちぎれた肉体が散乱していた。

白昼堂々に人を殺す光景。ベルトコンベアーで運ばれ、人間が輪切りにされてゆく作業場。スライスされる顔面。一面が血の海に染まった作業場内に響き渡る、無慈悲な機械音、メキメキと唸る、頭蓋骨や白い骨がこなごなに砕かれる粉砕機の音。世にも悍ましく、見る者を震撼させ、悲痛に陥れる、人体ネット販売の実態が映しだされていた。卓也は、死体加工工場が実存していた映像に戦慄を覚えた。そこでは血も凍るような惨劇がおこなわれていた。

そういえば、一九九〇年代後半から、一部のメディアでも取り上げられ、一躍話題騒然となっていたサイト。当時の事件や犯罪に多大な影響を与えたと言われる、ある異色のホラー関連サイトが存在していた記憶が甦ってきた。

インターネット上で話題になっていたのは、サイエンスやスピリチュアル、テクノロジーやその他にも、多彩な主題《テーマ》を取り扱い、世界中に潜在しているタブーの裏側、タブーに積極的に挑戦し、その秘密を暴き、公表するといった企画で〝禁断のパラドックス〟と呼ばれるサイトだった。

徹底的な取材により、世界各地のタブーだと称される、禁断の領域に深く立ち入り、メッタ打ちに切りこんだ取材をおこない、紹介していく人気サイトだった。

例えば江戸時代、肉食の習慣は規制されていた。その裏で、一部の人間たちは薬と称して、滋養があると言われ、栄養豊かな人肉を求め、密やかに食していたのだという。

古来より、人肉食文化は高級な蛋白源である人体を材料に、秘密裏に薬餌「薬」と称して製造、販売をすることが土俗的な習わしだとされ、不老不死のために不老長寿の妙薬や、難病の快癒を願い、薬剤として人肉、人血を得るため、人間の血肉が求められていたのである。薬売りたちは挙《こぞ》って、胆嚢（人担）、肝取りをおこなっていた。人体を〝秘薬〟にするべく、活用していた闇の歴史がある。

大抵は脳梁、肝臓、心臓、腎肉、生血といった部位が薬に使用されたが、病理によっては、所要部分を異にするも、人間の骨片、胎児までが、薬にされるために売買された。

明治以降は、すべて禁じられ、人肉の食餌、売買はタブーだとされ、警察などから取り締りの対称となった。以後、平成の世となった現代まで、人肉の食餌や売買は、一切厳しく禁じられてきたはずだった。

ところが現代でも、実際には人間の胎盤や中絶胎児、死産した胎児、献体された人間の死体などが、人類のために、有益に使用されていたりする。病院などの医療現場や遺伝子研究所での、生態が最高の研究材料になるために、解剖や人体実験など、いろいろな場面で人体が利用されているというのである。

薬品メーカーは新薬の開発をおこない、特殊な薬品による樹脂によって固められた、処刑後の凶悪犯の死体を人体標本として、展示する催し展が開催されるなどの、倫理学上の問題が問われるような出来事さえ、平然とおこなわれる時代もあった。人間の臓器がビジネスになる臓器売買。残酷な悪魔の所業のような人体実験を、次々と可能にしている人身売買。なかでも時に胎児の人気は高く、意図的に女性を妊娠させて胎児を人身売買へ売り捌く。胎児ビジネスなるものまで、横行している事実がある。そんな非人道的な行為があることが、当時としては衝撃的な内容だった。それだけでも衝撃的だったにも拘わらず、サイトの公開内容は、平成の現代では、ますます危険な商品やタブーな商品を取り扱う地下化が激化して以来、巨悪な（人肉咾食）カニバリズムを牛耳る、人肉売買を手掛けている〈二十一世紀の薬売り〉なる輩が、いまだに存在し続けているというのである。禁断のパラドックスのサイトによれば、誘拐ビジネスや人間狩りがおこなわれ、連れ去られた人々が多勢いることが、取材によって証明されていた。

　そして、ある工場内で家畜同様、残虐に虐殺された後、食肉用に加工され、本物の人間の死体に樹脂加工を施し、さまざまなポーズをとらせた標本などが制作・販売されている。標本といえば、往来は死体のホルマリン液漬けであったが特殊技術によって、組織液を合成樹脂に置き換えることによって、臓器を腐らせない状態で、長期間保存ができるようになった。生々しい外見をした、大量の死体標本が、工場《プラント》施設内で制作されているというものだった。人体のリアル通販がおこなわれている可能性を、あの当時から示唆していたわけだ。今思えば、当時あのサイトでは、予想もしていなかったほど、人体をビジネスにした産業が大規模に発展し、高度化した殺人加工工場が建設された結果、現在の動画サイトに映し出されている。あの工場へと変化をしていったように、卓也は思えた。人体ビジネスが存在する背景には、犯罪性が高く、闇サイトと呼ばれるウェブサイトの存在が大きいのではないか。遠い過去から、現在に至るまで、どんな時代にも、売り手の側と買い主側の需要と供給のバランス（相互関係）があれば、商売が成立するように社会の仕組みはできている。ネット上でも、売りたい側と買いたい側、双方の意志疎通をはかる思惑が合致すれば、どんな違法なものであろうと、欲しいと思う相手《ユーザー》さえいたら、通販・オークションなど、多種多様な分野で、実際ビジネスとして成立ができてしまう。お金が嫁げ、大金が儲けられるシステムが存在している。禁断のパラドックスで囁かれていた、秘密裏な殺人工場の実態。全国各地に激震が走り、大反響を与えた、このアンダーグランドビジネスの噂話。卓也も、当初はこの拡散した噂話を、俄かに真実だろうと、本気で信じていた。しかしながら、マニアの関心を釘付けにするなか、サイト自体が予告もなく、ある日、突然に閉鎖してしまい、真相は闇の中。そんな幻となった、過去の噂話。オカルトブームで注目を浴び、評判になっていた、あまり真実味がない、廃れた嘘のインチキ話。卓也を含め、そう認識しているユーザーは多かった。みんなが嘘だと思っていた、ずっと嘘であったはずの出来事が、ところが実際は違っていたというわけだ。

殺人動画を閲覧してしまった卓也にとっては、複雑な心境だった。驚愕したのは、人体を取り扱うビジネスが、バラエティーに富むものに変化を成し遂げ、進化して、さらに近代化を遂げ、現代風にアレンジされていたことだ。

巷では健康食品やサプリブームのいま、漢方薬の効用を兼ねた、人肉から製造された粉末入りのカプセルなど万病に効くと称して、すでにアジア諸国の薬剤市場に流通しており、シンガポールや台湾、中国では密かに売られ、爆発的な人気だ。人肝の成分も含まれ、人肉を取り扱うネットショッピングで、大人気の商品になっていた。人体を売買するネット販売。この通販サイトには、人肉が加工され、思わず手に取ってみたくなるような、可愛らしく、お洒落なパッケージのサプリ商品。その画像が、ネットショップにズラリと並ぶ。実際に効能があるのか、どうかは不明だけれど、人肉を原料にしたダイエット薬まで発売されていた。発禁されているはずの人肉が、いまだに闇市場で取り引きされている状況は、まさに非人道的な〈二十一世紀の薬売り〉なる由縁なんだろう。卓也は陰鬱で、沈んだ気分になった。

老紳士が、ノートPCのキーを、指先で叩き、ウェブページを移動していくたび、インターネットサイトにショッピングカートと一緒に、カタログ画像が、どんどんリ

アルタイムで、ネット配信されてくる。その内容はというと、

注文殺到!!　DEATH・SHOP《死の店》　ネットで大人気　魔界部屋から直通販売!!

《超話題炸裂》

ただいま特別大放出!!　あなたへお届け　《人肉ゲット　君はもう体験したか》

顧客殺到!!　（内臓肉《ホルモン》・心臓《ハツ》・肝臓《レバー》・人肝）　舌《タン》・挽肉《ミンチ》・血・肉・髪・カシラ（生首）　どれでもOK　組み合わせ自由

脊柱・助骨《ろっこつ》（骨せんべい）・レトルトパック　新アイテム　脳みそパック詰め　その他　観賞用　髑髏・ミイラも取り扱い　商《あきな》い中!!

各種取り揃え、様々な商品が品揃えされており、世界最先端のフリーズドライ技術によって加工された〝冷凍人間〟なる、究極の珍品までが登場して売られていた。血に飢えた怪物たちがまるでお店ごっこをしているみたいな、信じがたい奇妙な売り文句やキャッチコピー。それが満載に、ネットショップサイトの画面いっぱいに賑わせていた。卓也は、すべてが嘘八百の、いんちきに見えてならなかったし、懐疑的だった。

「?!　きもっ!!　マジかよ。本物の冷凍人間なワケないっしょ!!　意味わかんねぇし……。やっぱ、なんか胡散臭くね?」と不快に思えた。その他にも、たくさんのアイテムがネット陳列され、取り扱われていた。超リアルな人体標本や、超レア全身骨格

標本。

人間の骨は、二百個余りの骨が組み合わさってできているものだが、全身の骨格を標本にして作られている。等身大の骨組みが、天井からブラブラ吊されているサンプル画像は、目を覆いたくなるほど不気味な代物だった。どうみても模造品《フェイク》ではなさそうだった。

特にこの骨格標本は、人骨とまったく見分けがつかないくらい、超リアルにそっくりだった。頭蓋標本（頭蓋骨）。筋肉解剖標本。人体解剖標本など用途に合わせ、多くの種類が販売されていた。一般に利用される、インターネットを使った通販サイトでも、人形で作られた人体模型や全身模型が通信販売されていることは、卓也も知っていた。しかしだ。嘘か、本当なのか、まだよくわからないけれど、少なくとも本物の人間を使用したかのような、こんな人体標本が売られていることは衝撃だった。あまりにも精巧を極め、ネットの画像で見た限り、気色が悪く、妙に生々しい。

（大体、人間の標本なんか、買おうと思う奴の気が知れないでしょ。こんな気味が悪い代物の何処がいいのかわからん。本物だったらマズイよ。嘘だろぉ）と、卓也は半信半疑だった。だが、ほんの一瞬、正真正銘人間の死体で作られたものじゃないか、なんて思ったりした。

それでも、確信を持って、ハッキリそうだと、断定はできなかった。おまけに広告動画のサイトでは、仮に標本（人間の死体）が本物だったとして、通販やデリバリー（配達）型の販売をうたう売り主側の企業倫理というか、メタ倫理学（善や悪などの概念を明らかにすること）を問いたくなるような、道徳哲学の在り方、道徳観念の見識を疑う行《おこな》い。依然として、アンダーグランドビジネスを取り仕切る、地下売買の深刻さを浮き彫りにしていた。このようなことは、言語道断で許されるものではない。死体を見せ物にして、物扱いするだなんて、こんなことが許されていいのかな。と正直、卓也は憤りを覚えた。老紳士は卓也の存在に気付くと、慌てふためき、急いでノートPCを閉じてしまった。それを目撃していた卓也は、挙動不審でおかしな彼の態度を不審に思った。それに、先ほど、老紳士がググッていた、あの人肉ネット通販の殺人動画がどういうことかも気になっていた。そんなこともあり、卓也は思いきって、話を聞いてみようと、おもむろに自分から話を切り出してみた。

「このバスは、いったい何処に向かっているんスか？　それから、さっき怪しい、広告動画みてましたよね。あの人肉ネット販売のネットショッピングって何すか？　どういうモンなんすか？　正真正銘な、人間の死体とかなんすか?!　マジ勘弁、僕ら、これから何処に連れて行かれるんすか？」

不思議に感じていること。卓也は、自分が疑問に思っていることを質問してみた。

卓也の質問を聞くなり、老紳士の顔つきが豹変した。不愉快だと言わんばかりに、凄まじい形相に変貌を遂げた。嫌悪感をむきだしにして、不機嫌になった。それから、ニヤリと薄ら笑いを浮かべた。その後、不気味な含み笑いをしたかと思えば、すぐに見慣れた、いつものやさしい笑顔に戻った。何事もなかったように、卓也に向かって、ニコニコ満面の笑みで微笑んだ。

「ああ……。あれか。あれは全部ヤラセなんだよ。消費者側の興味をひかせるための演出なんだ。人間と銘打ってるけど、ホントはただの牛や豚といった、家畜用の一般的な生肉を人間の肉だと偽装して、ネット通販してるだけさ。あれは宣伝するために、わざと人肉だということにして、それを銘打って売りにしてるだけだよ。おまけに、私が閲覧していた広告動画は、煽情的に捏造した映像で、人を騙すことを目的に作り上げられている。殺人工場を舞台にした恐怖動画の正体は、コンピューターグラフィックやCGを使って合成したり、画像加工ソフトを使えば、簡単にできるんだよ。ホラー映画のお約束みたいな戦慄映像は、高度な専門知識を持ったプロの映像技術者（スタッフ）の、巧みな仕掛けによってでき上がっているだけの話さ。現実と非現実の区別なんか不可能だと思わせるくらい、非日常的な、真実味がある代物を、生みだしていけることが可能な社会なんだよ。人肉だと宣伝すれば、興味本位で買う奴はごまんといるだろ。ネットショッピングを利用するユーザーのなかには、話題性があるものが大好きな輩が大勢いるんだ。人間の心理としては、人間って奴は胡散臭い代物が、基本的に大好きなんだよ。珍しい物がほしいんだ。付加価値が付かなけりゃ、いまの時代は何も売れんよ。お客も、別にそれが本物かどうかなんて考えてないさ。どっちでもいいんだ。曖昧になってるからこそ、喜んで買うんだよ。だから買い物するときも、それを承知で買っているんだからね。法律で禁じられているはずなのに、人間の肉がネット通販なんかで、実際に買えるわけないだろう。売ってるわけない――。本心では、そんなこと誰でもわかってるさ。みんなわかっていながら、騙された振りをして買ってるだけなんだよ。如何様でもいいから、自分が人肉（もしかしたら眉唾物かもしれないけど）を手に入れることで満足したいだけなんだ。お客を騙すことが詐欺じゃないかって？　いや、詐欺なんかじゃないさ。嘘でもなんでもいいから、お客がほしがれば商売する。お客との相互作用が働いて、売買することでビジネスになる。お客もほしい（考えてた品物が手に入る）お客のためになる。だから、詐欺にならない。それでいいじゃないか。結局騙されるほうが悪いんだ。もしかしたら、私がこうしてネット通販で取り扱いをしているのは家畜の生肉だ、人肉ではないと釈明していること自体が、嘘八百をならべる、嘘なのかもしれんがね。嘘か、真《まこと》なのか。本当に何ひとつ、真実なんかわからない時代なんだ。どうせ、闇サイトでの裏ビジネスなんてモンは、ヤバイ記録は何も残らない。だから、安心してビジネスができる。悪徳だろうが、違法だろうが、虚偽《ヤラセ》でもなんでも、要は金が儲かればいいんだ。こっちにゃ関係ないさ。さきに騙したモン勝ちだよ。世の中は騙し合いだろ。世間なんてモンはすべて嘘っぱちなんだからね。インチキ商売なんてモンは、雨の日の筍みたいに、ボコボコ世間のなかで芽を出してくるんだよ。銭さえ儲かれば、やったモン勝ちなんだ。汚い金だろうが、奇麗な金だろうが関係ないよ。実はね。この恐怖動画で、人肉ネット通販サイトを運営している会社と、私の会社が業務提携を結んでいるんだよ。一緒にビジネスをしてるんだ。だからさっき、私もネットであの動画を閲覧してたというわけなんだ。これがけっこう儲かるんだよ。そこでね。手広く商《あきな》いをした、その儲けた資金で、我々は慈善事業もおこなっているんだ。世界を相手に最先端のテクノロジーや医療、宇宙開発、貧困国の難民や子供たちを救う、慈善活動《プロジェクト》をおこなっているんだよ。それを、君らにも手伝ってほしいんだ。人道援助のスタッフとしてな」

「えっ?! そうなんすかっ!! だけど、手伝うって言っても、どんなことやるんすか?」

「大丈夫だよ。気にしなくても」

「どういう仕事なのか、詳しく教えてほしいすけど。マジで教えてもらえないんすかっ。俺ら、このバスに乗せられて、何処まで行くんすか」

「うるさいな。君はっ、黙ってなさい。このバスは、この世の楽園へ行くんだよ」

老紳士は渋面で、卓也を怒鳴り付けて答えていたが、最後のほうは、ゾッとするような烈しい口調だった。

卓也はもうそれ以上、老紳士に言葉をかけることができなくなった。

都会のど真ん中。突如出現した、お救い小屋的な存在である年越し村。お救い小屋は、江戸時代に飢饉などの天災で、飢えに苦しむ人々を助けるために作られたシステムだ。

つまり、人々を救う役割を持った、役目を果たす救護施設。一度足を踏み入れたら、後戻りができない貧困の入り口で、窮地に陥る若者たちを救済するため、奮闘してくれる、若者たちの正義の味方。天からの使者。聖者のような人物。老紳士の正体は、いったい何者なんだろう。真冬の雪が降る、聖なる夜。凍える冷たい夜に、卓也を救ってくれた命の恩人。五千円札を手渡してくれた、心やさしい人物だと、卓也は信じたかった。老紳士の素情は、まったく不明であった。若者を助けるために現れた、善なる人物か？ それとも悪なのか？ どちらだ。どちらでもないのか。よくわからない。あるいは、聖者の仮面をつけた悪魔なのか。羊の皮を被った狼だろうか。

頭のなかを、さまざまな思惑が駆け巡る。卓也にとっては、どうしてもクリスマス・イブに現れた、サンタクロースだと信じたい人だった。

卓也自身、もっと客観的な立場で、物事を冷静に考えていかなければならないこと。それは、よくわかっている。しかしだ。そうは思っても、信じたくなってしまうのが人情だ。

（そうだよなァ。あのヒトの言う通りなのかもなァ。ホルモンってさ、動物の内臓肉、体内組織の総称じゃんか。呼び方も定義もいろいろだけど、臓物のことだろ。焼き肉で言えば、確かに心臓もハツだっけ。肝臓はレバーだろ。ブロック肉も、普通の呼び名じゃんよ。みんな使ってるじゃん。そうだ。あんとき、画面上にあった取り扱いしてる商品てさ。挽肉《ミンチ》とか、脳みそだの、人肝とかあったけど、オカルト的なネーミングが名付けられた似非《えせ》偽造肉ならばありだろ。使用されてる肉が、もしかすると家畜用の肉が使用され、豚や牛なら、ありなんじゃねーの。殺人動画を売りにした、異色のホラー通販があったとしても、ノープロブレム。実際に取り扱いされてるのが、人間じゃなく、家畜用の生肉だっていう主張も、強ち嘘じゃないのかもしれないけど。自分も高校卒業後、畜産加工会社に就職してたから、よくわかるんだけど、いまのご時世は変わった面白い代物だとか、付加価値でも付かなけりゃ、ネット販売してるだけじゃ、なかなか商品なんか売れねぇしさ。さっき老紳士《あのヒト》が、冷凍人間とかも偽造品で、標本や生首も、完成度が高い、ただの蝋人形だって教えてくれてたけどさ。人体そっくり、精巧に緻密な細工で作られた偽物。全部ヤラセで本物じゃないとか、くどくど弁明してたじゃん。それもありだろ。まさかさ。本物の殺人工場なんか、どう考えてもあるわけねぇもん。昔、幻のサイトで評判になって取り上げられてた、例の噂話みたいに、殺すために人間狩りしてるつーか……。殺害して人肉集めるのが目的で、俺らを勧誘したりしてねぇだろうな。おいおい、あの残虐非道がシーンが作り物じゃなくてさ。もし、あれがノンフィクションで、本物の実写フィルムだったらどーするよ。次々と殺人が犯される、グロい映像。捕まえられて嬲り殺された後、血だるまにされた体。食肉解体用の牛刀で、肉を裂き、吹き出した血の海のなか、切り裂かれた死体の皮を剝ぎ、目ん玉が抉り取られては、刳り貫かれる。切断された手足。ひっぱりだされる腸《はらわた》。とぐろを巻いた小腸が引き摺りだされ、腹部からは人肉ソーセージ用に、グチャグチャになった肉片が取り出されたら、塊肉用のブロック肉に切り分けられ、解体される。その後、ベルトコンベアーで運ばれ、さらに切り刻まれ、顔面がスライスされる。滴り落ちる赤い人血。粉砕機に押しこまれ、バラバラになった、割れて粉々に砕かれた白い人骨。人生最期が死体製造の殺人工場で、赤身の人肉ビフテキ用の真空パックにされるだなんて考えられるかよ。ほとんどムービー（虚構）フィクションの世界だろ。マジでいまの日本じゃ、人血や人肉なんか、法律で禁止されてるんだぜ。何度考えても、本当に人肉喰らう奴なんかいねぇし、誰も絶対買えねぇだろ。外国の血なまぐさい、変態マニアに売るにしても、マイクロバスで押しかける。こんな大勢いの人たちを、もし人身売買市場のマーケットに売ったら、やっぱ、すぐばれるだろ。密輸するにしても目立つから、すぐわかっちゃうよ。警察だとか、マスコミが大騒ぎするでしょ。いまでさえ、人身売買が世界的に大騒ぎされてるのにさ。国内の人手不足も解決してないじゃん。拾った新聞読んだけど、製造・外食・小売業が人材奪い合いしてるんだってさ。介護職も職員が少ないので、労働力を改善させるために、シニアや外国人の雇用の取りこみで、人材確保しようとしてるのに、外国に人材売り飛ばす馬鹿ねぇじゃん。いまの閉塞した時代、殺伐とした荒みきった世の中じゃ俺らだってさ、何時《いつ》どうなるかわかんねぇモン。喩えばさ、この世の果てだろうが、宇宙の彼方だろうが、もうどうでもいいじゃんか。何処にも行き場所がない連中が、シェアハウスして共同生活送りながら、一緒に楽しく生活ができればいいんじゃねぇ。違うかな)

　そんなことを考えながら、卓也は自分自身を納得させた。

　走行中、マイクロバスの外には風がなく、波穏やかな運河の水面に、高層ビル群の明かりが落ち、ビルの姿が運河にぽっかり、まるで眩い摩天楼のように浮かぶ景色が続く。とても神秘に青く彩られた、幻想的で、魅惑的な都会の夜景のパノラマがひろがっていた。

　マイクロバスは、都内の臨海部を走っているようだった。運河沿いにある、バブル期に建てられたのか、赤い閃光を瞬かせるオフィスビルや豪華なマンション。ホテル。劇場。レストランやショップが集まる複合施設。街の灯火の夜景が、マイクロバスの車窓に映しだされていた。祐太が車窓を開けると、ヒンヤリする真冬の冷気と一緒に、磯の香り漂う、凍てつく冷たい夜風が入りこんできた。凍結した路面。冷却した車窓の窓ガラスに結露が流れ落ちた。青く澄んだ、外気に触れた、卓也の頬は一瞬で肌寒さを感じた。冷たい夜の空気。

青い闇のなか、夜の静寂《しじま》に、青い風がこっそり吹きこんでは、瞬く間に消滅してゆく。

垂れ流すような流線を描いてゆく、車のヘッドライトから、幾つもの光の帯が交錯しては揺れ動く。光輝く、夜景のネオンが入り混じった眩しい光は、暗闇の世界で眠りこむ、悪魔を目覚めさせ、異空間へと誘《いざな》うかのように続いてゆく。空を見上げても、星も瞬かないほど、明るい巨大なコンクリートジャングルの下では、何が起こっていても、まったく可笑しな出来事ではない。何かが起こっている。

――そう感じさせる、不思議な魔力がそこにあった。何か別の次元に導かれ、向かっている錯覚さえ、卓也は覚えた。宇宙を思い描く。

(宇宙の先に、いったい何が待つんだろ)

宝石箱から零れ落ち、ばらまかれた星屑みたいに光輝き、煌めく都会の夜景を眺めながら、卓也は気分が高揚した。

マイクロバスは、海浜公園のすぐ近くまでやってきていた。この公園は、レインボーブリッジと都心の夜景を望む、デートスポットとして名高い場所でもある。遊歩道を歩くカップル。

ホワイトクリスマスの聖なる夜を楽しむ、恋人たちの姿が目立った。卓也は寂しかった。

きらびやかな照明が輝く、巨大な橋が現れた、レインボーブリッジだ。首都圏が紹介されたテレビ番組で、都心のビル群を背景に、優美な姿をみせていた。首都の海上門は、東京湾の防衛の要として、砲台を据える台場が建設されたのだという。江戸の真ん中。お台場近く周辺の景観が、橋をくぐるジェット船が出港する、埠頭と共にみえる。レインボーブリッジからは、美しくライトアップされた東京タワーや、巨大な電波塔が遠くに通り過ぎていく姿がみえた。

突然、老紳士の携帯電話の着信音が鳴り響いた。老紳士が、携帯電話で誰かと喋り始めた。大きな声で話をしていたので、会話をしている内容が、後の座席に座っていた卓也たちの耳にも、よく聞こえてきた。

「ああ、はい。丁度、身寄りのない老人が今夜逝く予定なんですか。ええ。孤独死。了解です。献体の書類も問題ありません。葬儀屋にも連絡しといて下さい。もうすぐ到着しますから。行旅死亡人の件もお願いしますよ」

そう話し終えると、老紳士は携帯電話を切った。そして黒いアタッシュケースから、何やら書類らしき白い紙を、一枚取り出した。

卓也は自分の耳を疑った。意味深なもの言いをしていた、老紳士の言葉が気になった。間違いなく、身寄りがないだとか、今夜逝く予定だとかなんとか、物騒な会話をしていたのをハッキリ聞いた。卓也は、マイクロバスの車内で、先程の白い紙を盗み見ようとしたけれど、すぐに老紳士に隠されてしまい、結局何も見えなかった。

（……いまの会話って、身寄りがない老人が、今夜亡くなるっていう意味なのかな？）

絶対明確にハッキリとそう聞こえた。

マイクロバスは、三十分ほど走り続けた後、都内にある大病院の裏口で停車した。時刻は、もう真夜中過ぎだった。老紳士がマイクロバスを降りた。手慣れた感じで、裏口から大病院のなかに、入っていった。運転手《ドライバー》をしていた怪物男が、携帯電話を使い、何者かと話し始めた。密かに、誰かと連絡を取り合っているのか。

その光景を目撃していた卓也は、これから自分たちが「死体洗い」をするために、この病院へ連れてこられたのではないかと気付き、ハッとした。「深夜の病院イコールホルマリンプールに浮かんだ、死体を洗うバイト」

学生の頃、そんなバイトが存在すると噂話でよく聞いていた。どんなに金銭《カネ》に困っても、そんなバイトだけは、絶対やりたくない仕事だなァと、自分なりにいつも考えていた記憶があった。電話で聞いた、老紳士の言葉が甦ってきた。とても不安だった。

（おいマジか。やっぱ、あんときの人肉ネット販売の人肉は、本物の人間だったんじゃねえかよ。蠟人形だとか、偽物とか言ってた標本も、実は本物の人間だったのか。だから、さっそく俺らが死んだばかりの老人のトコに連れてこられたんじゃん）

と卓也。

解剖やホルマリン漬けの標本作り。これが自分たちに与えられる、新しい仕事になるのか。そう考えると、目の前が真っ黒になった。

しかし、すぐにそれは単なる誤解であり、勘違いだということがわかった。そんなバイトはまったくの嘘。ひとり歩きした、都市伝説であることを思い起こした。

卓也が、都市伝説なるものにハマッていたとき、魔術部屋のチャット仲間たちが、違うということを教えてくれたのだった。バイトは虚構《フィクション》の小説のなかで語られた、架空の作り話。実際にはそんなバイトは存在せず。葬儀会社の人が、遺体を奇麗にしてくれることがほとんどらしい。

ちなみに「死体処理」は過激な業務のひとつとして、警察官が手当をもらい、死体処理をおこなっているんだそうな。交通事故や殺人の悽惨な現場では、バラバラだったり、血だらけになったりした死体。壮絶な臭気を放つ、腐乱死体まであるわけで、老紳士が何者かと会話をしていた電話にも、登場していた行旅死亡人。身寄りがない老人が、たった一人で亡くなっていく。いわゆる孤独死なども含め、この行旅死亡人というのも、やはり警察が介入し、遺体が処理されるらしい。

一般的に行旅死亡人は、警察が身体的特徴である、外見などの特徴、体格、死亡した際の服装。死亡推定日時や発見された場所を、詳細に官報に公告として掲載する。さらにこの行旅死亡人（身元が判明しない遺体）になると、発見された場所を管轄する地方自治体が、遺体を火葬し、遺骨として保存し、官報の公告を閲覧した、引き取り手を待つことになるわけだ。ホームページや、官報に載った後、ちゃんと引き取り手が現れる場合もあるが、ないこともあるようだ。

その後、無縁仏として埋葬されることになっている。……が、本当のところ、最終的に行旅死亡人がどうなるかわからない。そんな現実があるわけだ。

十五分ほどして、マイクロバスの隣に、一台の宮型ではなく、シンプルな洋型タイプの霊柩車が横付けにされた。黒い礼服を着た、黒尽くめの恰好をした、若い男が二人、霊柩車から降りてきた。周囲をキョロキョロと見回し、何かを気にするような怪しい素振りをみせながら、大病院のなかへ消えていった。

葬儀会社の従業員と思われる。これらの人物以外に、遺族らしき、家族の姿は何処にも見当たらなかった。可笑しな違和感を覚えさせずにはいられない。そんな感じだった。

裏口から、病院関係者だと思われる年配の人物と一緒に、老紳士が出てきた。年配の男性の背後から、白衣を着た看護士たちが、白い布が被せられた棺桶を、ストレッチャーに、載せて運んできた。静まりかえった深夜。

暗がりの下で、棺桶は霊柩車にしまいこまれた。見送る者が誰一人としていない状況のなか、不気味な棺桶を載せた霊柩車は、急いで出発していった。深い暗闇のなかへと、まるで闇に紛れるように、大病院の敷地から何処かへ消え去ってしまった。その後を追うように、入れ替わりに黒いワンボックスカーが一台やってきた。やはり、黒尽くめの恰好をした若い男たちが、乗ってきた黒いワンボックスカーのトランクを開けた。

老紳士は看護士の一人から手渡された、小さな領収書らしきものにサインをしていた。

発泡スチロールの白い箱が幾つか、車の後部座席にしまいこまれた。最後に、足を折り曲げれば、人間が一人スッポリ入るくらい、大きなサイズのブラックボックスが運ばれてきた。ブラックボックスは、黒尽くめの男たちによって運び上げられ、トランクにしまわれた。スギモトさんが驚いた顔で大声を上げた。

「なんやねん。あれっ人間入っとるんちゃうか？　ほんま、どないすんねん。えらいケースやなァ」

「ほんとうだ」と祐太もビックリしていた。

「なんスかっいまの!!　マジすげぇ。おい、マジか。さっきの棺桶もなんかヤバクね？　白い箱の中身とかも、何入っててんだよって感じでさ。気味悪ィーよ。絶対に変じゃん。ねぇスギモトさん。そうすっよね。なぁ、祐太」と卓也も興奮気味に、大声を張り上げた。

三人の会話を聞いていた他の乗客たちも、ザワザワ騒ぎだした。車内が騒めく。

突然、黒尽くめの若い男が一人、マイクロバスの車内に入ってきた。卓也の目のまえを歩き、ゆっくり通り過ぎた。彼は大声で叫んだ。

「このなかに身籠もった妊婦さんや、赤ちゃんを一緒に連れている女性いますか?!」

「あっ私。妊娠してます」

最初に、卓也たちがマイクロバスに乗る直前で車窓から顔を出して、そっと声をかけてくれたピンクのヘアピン美少女が名乗りでた。

黒尽くめの男はそれを確認すると、こちらへ来いというように、手招きをしながら叫んだ。

「じゃあ、ここから降りて下さい。別の車に乗り換えて移動します」と美少女に指示けてきた。

した。ピンクのヘアピン美少女は、バスを降りるまえにすれ違いざま、卓也に話しか

「ねぇ、お腹に赤ちゃんがいる妊婦さんは大変だから、私だけは特別扱いで、別々に連れて行ってもらえるのかなァ――。ねっそうだよね。違うのかなァ」

「あっはい。多分、そうっスよ……。あの、お腹に赤ちゃんいたんすか？」

「うん。まだ三ヶ月なんだけどね。私ね。シングルマザーになるの。家族とかいないんだ。ずっと一人ぽっちだったから、身寄りとかも誰もいないし、この子産んでも、やっぱ一人じゃ育てていけない。それでどうしようかなァと悩んでたんだ。そんなとき、あのおじさんが一緒に来ないかって、私を誘ってくれたんだよ。どーせさぁ、いつ死んでもいいやぐらいに考えてたから、どうだってもいいと思ってこのバスに乗ったの。でもね。ホントは気にかけてもらえたことが嬉しかったんだぁ。寂しかったの。君もそんな感じだったの？」

卓也は別に違うけど、困ったなという表情で、頷きながら、なんとか話を合わせた。

「まあ、そんな感じですかね。ちょっとは違いますケド。アハハハハ」と愛想笑いした。

「そうなんだ、あっじゃぁ、またね。バイバイ。またいつか、今度会おうね」

ピンクのヘアピン美少女は、マイクロバスを降りていき、バスの外で待っていた黒いワンボックスカーに乗りこんだ。彼女を乗せた黒いワンボックスカーは、やがて何処かへ、走り去っていった。

外にいた老紳士は、アタッシュケースを病院関係者に手渡した後、バス内に戻ってきた。そして、スギモトさんの隣の、自分の座席に座った。「さぁ行こう」と片手を上げ、合図をした。その様子をみていたスギモトさん、祐太、卓也たち以外、すべて他の乗客たちも、みんな心配そうに顔を見合わせた。

それぞれの胸のなかは、不安や疑念が渦巻いているに違いない。無言ではあったが、全員が同じ気持ちなんだろう。老紳士はといえば、そんなことはお構い無しだ。平気な様子のまま、澄ました顔をしている。

車内の乗客全員が、現在何がおこっているのか、問い質《ただ》したい気持ちを必死に抑えつけ、気まずい雰囲気が漂うなか、マイクロバスは、再び走りだした。

次に卓也たちが到着したのは、警視庁の裏口だった。大病院のときと、まったく同様の光景が繰り返され、おこなわれている様子を目撃した。葬儀屋風の男二人が、シンプルな洋型タイプの霊柩者に棺桶を運び入れては、発泡スチロールの白い箱を幾つか、車の後部座席にしまいこんだ。

最後に、人間が一人スッポリ入るくらいの大型サイズのブラックボックスが登場した。それが車のトランクにしまわれたのも、まったく同じだった。警察関係者から、領収書らしきものを受け取り、老紳士がサインをする。

最終的に、今度は老紳士のほうから、手元に握っていたアタッシュケースを、警察関係者に手渡している姿がみかけられた。何かの取り引きらしき行為が、おこなわれていることは明確だった。棺桶を引き取り、運び去るなど、遺族でもないのに、何故なんだろうと疑問も多い。さっきよりも一段と、他の乗客たちも、皆怪訝な顔をしている。どの顔も、みんな不安そうだった。自分たちがこれからどうなるのかと、疑問に感じていることは間違いなかった。ネットの広告動画をめぐる、恐怖映像についての、卓也と老紳士との会話。そして、二人のやり取り。これまでの経緯から、やはり人肉ネット販売のビジネスに、何か深く関係があるのかと、誰もが気がかりに思ってしまっているんだろう。けれども、老紳士たちのことを恐れ、みんな怖くて、文句が言いだせないままだ。黙りこくっていた。罪深き沈黙。まさに、そんな状況だった。

マイクロバスは、次々と道路標識を追い越してゆく。車窓からみえる外の景色は変化をしながら、瞬時にして、束の間の輝きを放ち、消え失せてゆく。その建物のひとつ、ひとつに、人々の日常があるんだと卓也は思った。

例えばマンション。電気が点《とも》されたマッチ箱みたいな、小さな幾つもの窓。並んでいる明るいガラス窓の向こうには、見知らぬ人たちが暮らす。毎日の生活がある。喜び、悲しみ、幸せ、苦しみ、たくさんの思い出や人生。そこにどんなドラマが生まれているのか、勝手な想像をめぐらせてしまう……。日々の営みが、あの部屋の灯りにひとつ、ひとつ詰まっているんだと思うと、卓也は少し感傷的な気分になった。

（次は何処に行くんだろ……。意味わかんねぇし……。マジでこのまま、一緒に行って、ホント大丈夫なのか。めっちゃ、不安じゃんか。俺ら生きていられるかな）と無事に生きていられるのか、卓也は身の上を嘆いた。このまま、本当に正直、自分たちの安全は保障できるのか、わからなかった。いま、この瞬間にも、今日という日が通り過ぎていく。走行中のマイクロバスの車内に、ほんのわずかな間、緩やかな時間《とき》が経過してゆく。騒がしい静寂のなか、時間《とき》は誰にも止めることができないままだ。

（今後をいかに生きるのか。考えるうえで、未来はなくてはならないものだ。でも、僕たちは過去を生きるわけでもなく、未来に生きるわけでもない。僕らは、いまを生きることしかできない。これからも、ずっと生きていかなくちゃならない。いまという、この瞬間を生きるだけの話。そんな現実があるだけだ）

卓也は頭のなかで、そんな独り言を呟いてみた。テレビ番組だったか、映画だったか、もう忘れてしまったけれど、かなり文学っぽい文章の台詞回しを、以前何処かで聞き、覚えておいたセリフが脳裏に浮かんだ。

（いいセリフだなァー）と心に響き、沁みる言葉だった。感覚的に現在の自分が感じている気持ちと、ピッタリ共鳴している気がした。まさにいまの心境そのものだった。共感できる台詞だ。

卓也は車内の様子を探ろうと、座席から立ち上がった。周囲を見回してみた。ほとんどの乗客たちは、いつの間にやら、座席にもたれかかって眠っているようだった。スギモトさん、祐太も眠ってしまい、みんなでかすかな寝息をたてていた。なかには、眠れない乗客たちも数人いた。やはり、不安な気持ちが漂うのだろう。

卓也は中腰になった。体を前方に傾け、屈みこんだ。何をしているのか、もう一度、老紳士のことを覗きこんでみた。

老紳士の姿が垣間みえた。今度は、キリスト教の異教だとされる、グノーシス派思想が登場する宗教本を読んでいた。本のタイトルは、『汝　神を知れ』という文字が読めた。

　不滅なる魂の聖典と命の光。

ゾロアスター教やマニ教に関する記録も読み取れた。

読書している本の趣味で、その人物の人柄がよくわかるというから、老紳士のことを、とても深い、精神性を持つ人物かもしれないぞと卓也は思った。

高い次元に立つ、宗教性を持った、哲学的な人物。内容を読み取ってみると、グノーシス思想について詳しく書かれており、祈りを捧げ、沈思黙考せよ。神との合一を願えとある。グノーシス主義とは世界を拒絶し、覚醒と神的起源への帰還を目指し、人間が肉体・物質世界から浄化され、自分こそが神であることを認識することで救われると説く。天界を経由して、神は人間に使者を遣わし、人間に本来の自己についての知識（グノーシス）を啓示することで、それを知る者。救済者により、救済が与えられること。

前一世紀に成立し、二、三世紀頃には地中海世界へ、伝播したキリスト教。異端思想だとされる。古来キリスト教は、ローマによる激しい迫害や弾圧、異教徒との対決など、内部にさまざまな意見の対立がおこり、そのなかから、ギリシャ哲学を利用したキリスト教思想を説くなど（教父哲学）が生まれ、いくつもの分派に分裂をしてゆく。

すると、神秘主義なる異端思想の集団、グノーシス派が誕生した。神秘主義の思想とは、多くの魔術師がこの神秘主義に含まれるが、人間が自らの内面で、神などの絶対的な存在を、直接体験しようとする立場のことを示す。

ここにキリスト教の異端である、神秘主義的なグノーシス派の影響を受けた、ゾロアスター教や、そのゾロアスター教の宗教改革によって枝分かれした（マニ教）を成立することになるなど、ゾロアスター教もマニ教も共に、善と悪の二言論を特徴とする宗教で、光明の神・善の神と悪の暗黒神、闇の支配者の対立で世界が把握され、世界は善神と悪神の闘いの場であること。歴史的にも他の宗教に、多大な影響を及ぼしたと考えられている異端宗教。

ペルシャの古い宗教。ゾロアスター教は古代バルフの地（現在のアフガニスタン北部）で興った宗教だとされる。世界で最古の魔術師である、古代宗教の創始者であり、予言者・ザラトゥストラ（一般にはゾロアスターと呼ばれる）によってつくられた。善（光の象徴）として火を信仰しているため、聖なる火の世話をする儀礼に特徴があるので、拝火教とも呼ばれる。火を神化して崇拝する、火をシンボルとする最高神によって、この世の終わりがやってくるとき、救世主が生まれ、世界は善の象徴である炎によって、浄化をされる。やがて、善神軍と敵対する暗黒神軍（悪神）による最終戦争が始まり、善の勝利と優位が説かれる。悪が滅びた後、最後の審判がおこなわれ、死者は復活し、永遠の喜びに満ちた不死なる世界に住むことになるという。ユダヤ教や、キリスト教の終末論、ヨハネ黙示録などに酷似し、影響を与えたように、最後の審判のとき、善神が勝利することで、真の世界が始まると信じられた。ゾロアスター教徒たちは、世界の真理を解き明かすことが使命だとされた。マニ教の教義も、ゾロアスター教を母体として、神秘主義的なグノーシス派の影響を受け、善は光明、悪は暗黒という倫理的二元論を教理の根本とし、ゾロアスター教を基本にした宗教改革によって善と悪、光と闇という絶対的な二元論対立を主張。世界は〝悪魔〟によって創造されたものだと考える。人間の肉体は汚れたものであり、唯一の神的なものである霊魂を、一刻も早く離脱させなければならないものだと考えた。そのために菜食主義・不淫戒・断食・浄身祈祷がおこなわれ、さもなければこの世界は、やがては巨大な炎のなかで滅びると予言をし、キリスト教的要素をも加味した、グノーシス宗教の一派なのである。

　卓也はグノーシスやゾロアスター教、マニ教といったこの時代錯誤も甚だしい言葉から、知り合いだった、ある男を連想して思い出した。

　チャット仲間のなかでも、酷く変わった個性を持ち、周囲からは気色が悪いと毛嫌いされ、不気味がられていたある人物だ。その男は卓也よりも十歳年上。異色の人材。大変な変わり者の男だ。悪魔主義者のウミノヒロトという男だった。

　老紳士と同じように、ウミノも哲学本や宗教本、聖書をよく読んでいた。ヨハネの黙示録に用いられる、神と神に敵対する力が最終戦争《ハルマゲドン》を繰りひろげるといった終末思想。世界や人間の終末を論ずる終末論。キリストが伝えた神の国のメッセージが記された「喜ばしい知らせ」を告げる「福音《エヴァンゲリオン》」や新約聖書などは、特に興味を持っていた。

　人間は生まれたときから罪人だとされる教え。アダムとイブが神によって、楽園から追放された、失楽園。失楽園といえば、ゾロアスター教で善の神に対する絶対悪だとして、悪魔のイメージに蛇の姿が投影されて作り上げられ、世界宗教に多大な影響を与えたことでも知られているように、キリスト教ではそのイメージが受け継がれ、神を裏切ったアダムとイブに「智恵の実」を食べさせたのも、のちに悪魔の象徴となった狡猾な蛇であるとされている。天地を創造した神の手で、最初に創られた人類アダムとイブは、エデンの園で幸福に暮らしていた。ところが、あるとき邪悪な智恵を持つ蛇に騙され、神から食べてはいけないと禁じられていた、善悪を知る知識の木の果実を食べてしまう。それは神への裏切り行為に他ならず、このことを知った神の怒りによって、神の命令に背き、反逆者となった二人は、この世の楽園を追放されてしまうことになる。そして禁断の実を食べ、神の命に逆らった罪だとして、アダムには食べ物を得るための苦労が課され、イブには出産の苦しみが与えられた。こうしてさまざまな苦しみや悲しみ、死の定めをその身に負う罰を受けることになってしまう。結果、人類最初のアダムとイブが受けた罰を、いわゆる「原罰」を人間は与えられることになってしまった。以降、人類は皆、生まれながらに、逃れることができない罪を背負う破目になったのである。これが原罪の由来だ。

蛇は人間が本能的に恐れる生き物であり、初期の悪魔は古今東西、蛇の姿をしていた。

人間は蛇のような恐怖の対象に、自分が一番恐れるモノの姿・形（悪魔の強大化したイメージ）を作り上げることで、善に対する敵対者なる、それぞれの人間が思う姿で考慮した、悪魔化されたシンボリックなイマジネーションの悪魔を出現させてきたのだ。

ウミノは悪魔の存在を本気で信じていた。魔法や魔術は物論だが、超能力と呼ばれる、第六感（五感以外の感覚によって、情報を得たり、伝達をしたりする能力をいう）・テレパシー・サイコメトリー・サイコキネシス（念力）・チャネリング・超感覚的知覚（ＥＳＰ）といった超常現象に興味津々で、いつかは自分もエスパー（Ｅｓｐｅｒ）・超能力者になるんだと息巻いていた。

二十世紀後半に、急速な発展を示した宇宙開発や宇宙工学によって、無人・有人探査が可能になり、太陽系に関する膨大な情報が、人類にもたらされた。宇宙空間に有人宇宙ステーションが滞在するなど、望遠鏡を夜空に掲げた、ガリレオ・ガリレイが天体の姿を人々に伝え、宇宙への扉を開けた瞬間から思えば、まさに夢物語のような出来事が、現在この瞬間にも実現しているわけである。

そんな二十一世紀に、最強の悪魔軍団を集結させる魔術をおこない、悪魔召喚が成功した暁には、サタンに超能力を授けてもらい、ガチで世界征服を目論んでいるかのような馬鹿な男であった。

そしてウミノも、近代哲学者ホッブズに敬愛の念を抱いていた。自分の死をネット公開しようとした、例の自殺少女もまた、ホッブズに心酔していた。

ホッブズの考え方はすべての人間には「自己保存」の本能があると考え、人間が自分の欲する自由を「自然権」だとして肯定した。もともと人間の本質は、自然本性的に利己主義であるため、全員が自分の勝手気ままに自然権を行使すれば、果てしない殺し合いの世界になると説いた。人間は人間にとって獣なのだから、自分が生き残れないと見れば、奪い合い、殺し合う獣となる。人間は放っておくと、「万人の万人に対《つい》する闘争」ということにならざるを得ない。社会契約説を唱え、そうならないためにもわかりやすくいえば、人間が自己勝手なことをするのを禁止することで、秩序ある国家状態（主権国家）が維持できる（集団規範）国家をつくり、殺し合いをさせないためには、学校で教育を受けさせ、社会的なルールを学ばせる技巧的な社会化を伴う形で、道徳的支配の機関《かなめ》を構築して、社会性とか共同性を相互性の原理とし、倫理規範を設けることで、道徳的ファクタリーが守られるようにするために、人々を従わせなければならない。人々が所有する個々の権利は「自然権」、統治する国家に委ね、法律が制定され、殺人の歯止めとして、死刑制度や国家権力、社会防衛といった制度による、ある種の社会的行為が介在することで、生命や身の安全が脅かされる危険性を防ぐことができるといったことが、主張されているわけだ。

少女がホッブズに親しみを感じていたのは、世の中には性善説なるものが、絵空事なのにも拘わらず、信じこまれ、仁・義を先天的に具有すると考えられた馬鹿な思いこみ、人間の本性は善であるといった、決めつけというか、押しつけ。悪だけの人はいないという、勝手な解釈。幻視。誤解。ホッブズは、それらをばっさり切り捨てた。ホッブズの人間観・人間の本性は徹底的に利己的であり、人は皆、常に他人よりも優れた存在になることで、優位に立とうとするものだから、どんな弱い人間でも、隙をうかがえば、一番強い人間を殺せないほど弱くないとした。自分の利益を考え、増大させようとすることは我儘《わがまま》やエゴ（エゴイズム）だと非難されがちだが、ホッブズは否定していない。人間が持つ、当然の権利だと認め、ホッブズの〝人間の本質は自己中心的であり、自己の生命の保存を究極目的だとするなら、お互いに殺し合うといった愚かしい、利己主義な人間の本質を見抜き、見事に言い当てた痛快さが、愉快でたまらなかったようだ。少女は孟子の性善説に対立した、性説を説く、荀子の性悪説もかなりお気に入りだった。性悪説は、人間は欲望を持つため、その本性は悪であると説く。

太古の昔から、脳の記憶として、人間《ヒト》が人間《ヒト》を殺す——この行為は理由はどうであれ、殺人は歴史的にも繰り返しおこなわれている事実がある。虐殺、略奪、戦争、己の欲望を叶えるため、あるいはときとして人間《ヒト》は理由《ワケ》もなく、殺人を犯すことも少なくない。それは何故なのだろう。明白な答えはただひとつ。

人間が悪だからだ。残忍な殺害行為や暴力、残虐、残酷、野蛮な行為をしたいと願う、隠れた欲求が、基本的に人間には生まれたときから備わっている。生命が誕生して四十億年。人間の遺伝子が、古代人とその歴史を結びつけ繋がる。過去の記憶として、心の奥底に潜んでいる、深層心理が支配する、無意識の領域。心の深い部分に下りていき、自分をみつめることは、自分を知ること。最古の人類が誕生し、猿人から進化を遂げた（ホモ・ハビリス）と呼ばれる、猿人と原人の中間である。アフリカで誕生したホモ族が、火の使用という大発明をおこなった。やがて、現生人類である新人、（ホモ・サピエンス）が登場することで、石器や農耕、牧畜が開始される。

共同体《コミュニティー》ができ、集団生活が営まれ、文明を築いてゆくまでの間、ホッブズが提唱していたように、国家の主権、各人が自己の自然権（自分の欲するようになされる自由）を譲渡し、確立される共通の権力（主権）によって、規則《ルール》が順守され、違反者が処罰されるための市民相互の契約によって成り立つ国家。（社会契約説）が生まれるまえは、お互いに殺し、殺される、生物としての相対関係のみあった。
（捕食するために狩猟がおこなわれ、人間が食物連鎖として頂点に立つ。弱肉強食の世界観）そして、もう一人、ホッブズを敬愛する異色の人材である青年がいた。ネット上のテレビ画面を通じ、何度か、卓也も彼とは面識があった。人を導く才能というか、言葉の詐欺師的に他人を納得させ、意のままに操ることができる不思議な青年だった。ルシファーと名乗る男だ。

ルシファーは超エリート一家で生まれ育った。自身は外交官の父親から仕送りを送ってもらい、セレブニート。外国語もペラペラだった。時事問題や経済問題にも詳しく、精通している国際派で、時代の先駆者。申し子ともいうべき、異端児的な一風変わった人物でもあった。卓也よりも五歳年上。自殺少女やウミノも、彼を慕っていた。チャット仲間のリーダー的存在であった。ルシファーこそ、完璧な悪魔主義者だった。ウミノや少女は、ルシファーに触発され、彼の影響を受け、ホッブズに心酔する、悪魔主義者に傾倒していたのであろう。かつて、ルシファーは、悪魔主義について、こう説明をしていた。

悪魔主義者は、時代遅れな悪魔崇拝者とは異なり、まったくの個人主義なものであるとする論説だ。悪魔崇拝者は神に対抗し、反発するものだとして、神に相対する立場の悪魔を信じるとする行為。悪魔を宗教的対象にすることで、それに帰依する心的態度や信仰心という、外的表現がなされているかが試され、問われるわけだが、悪魔主義者は違う。悪魔主義は、自分なりに考えた悪の定義。悪に関する独自の価値観。こだわり、美しさを評価する（悪の美学）によって、好きか、嫌いかで判断できる。悪を肯定し、悪魔に好意をよせる自己を愛すること。極端な話。理由なんかいらない。「悪魔が大好き。だから、悪魔を盲信して疑わない」といったそれだけの動機でも、自分は立派な悪魔主義者なんだぞと宣言できる。訳もわからず、悪魔を信じこんでさえいれば、それだけでいいのである。

しかし、崇拝を前提にしてしまうと、結局は二項対立の原理が働き、その結果、神の存在を認め、悪魔と一緒に神を信じる（信心への帰依）へと繋がってしまうことになるという。つまり、悪魔主義者としては、悪魔崇拝のためには、悪魔と対峙する神も信じていなければならない行為にあたる崇拝など、断固として拒否をする。これが個人主義だというのである。悪魔を切望する人間の数だけ、悪魔の姿が形創られてゆくわけだ。悪魔とは、自らのイマジネーションで創造をして創りあげるもの。自前の悪魔像は誰にでも、簡単に創りだすことができる。頭のなかで思い描かれた絶対悪である悪魔の数だけ、悪魔は存在できるのだ。人間が恐怖心を抱いたときに生みだされたもの。それ、それが悪魔だ。

悪魔は人間が恐怖を感じたときに、すぐ傍にいる。そもそも悪魔とは、予想がつかない不条理な惨劇。陰惨なできごと。人間を破滅に追いこむ、不運な宿命と運命。それは現在世界規模で猛威をふるう天変地異。完治できない未知の病原菌による、殺人ウィルスの出現。地球温暖化による、自然の驚異をみせつける世界的な異常気象。それに関連した生態系の破壊など、すべてが悪魔の仕業なのかもしれない。人間が恐怖を覚えるときに、悪魔はやってくる。人間にもたらされる厄災や禍。恐怖は人間が誕生して以来、最も作用する現象で、超シンプルな、生理現象であると指摘される。自分の生命が脅かされるかもしれない危険を察知することが、全身で感じる意識作用を及ぼし、体と心が反応して巻き起こされる、感情の暴風《あらし》としてもよく知られている。人間は恐怖によって、支配されやすい生物だ。世界は原因と結果の連続である。

時代の支配的な物の見方や、時代に共通する思考を指すようになったパラダイムから考えれば、この世に存在している良識（正義や道徳感）は、人間が備える価値観の違いだけであり、自由意思によるものだ。正義だろうと悪であろうが、本来はどちらでもなく、真実の正体は、すべて主観による価値観でしかなく、人間が勝手に創り上げた産物でしかない。偽りの正義や、善人ぶった偽善者が蔓延《はびこ》る現代社会は、まさに反世紀末的状況だとルシファーは嘆く。神の戦いをみたヨハネは、神の計画を記録する意味で黙示録を残した。最後の審判が近づき、人々の善悪が判定され、罪深き人間であっても、イエスによる贖罪を信じれば、人類の身代わりとなったイエスの再臨（世界の終末の日に、救世主・イエスキリストが、再びこの世界に姿を現わすこと）によって、全人類が救われる。

そこに新しい神の国（永遠の楽園）が当来し、悪の終焉のときが訪れる。「人間は肉体と霊からなる、霊魂である」聖書の人間観で成り立つ、キリスト教では輪廻転生の思想はなく、肉体を離れた死者の魂は、神のもとに返る。死者は死者の国へ下って、終末のときまでそこにとどまり、やがて世界が崩壊し、世の終わりが訪れるとき、すべての死者は、終わりの日の裁き（最後の審判）に、神によって復活をさせられ、裁きを受ける。（新天地創造）新しい天地が誕生し、新しき聖都エルサレムが復活を遂げ、天地（神の都）が天から降ってくるのをみるとき、ヨハネの黙示録は「この世の終わり」を意味する絶望ではなく、破滅と再生を繰り返す人間に、その復活を約束するものだと記されている。神によって、滅びのなかに救いがもたらされることになっている。

罪深き、災いを呼ぶ、滅びの子となるべく人類は、逃れられぬ、宿命と運命を背負い、滅亡へと突き進んでいるというのに……。

悪魔が囁く。一刻を争う。来たるべき終末に向かい、神をも畏れぬ、地獄の大軍団の悪魔たちは、最終戦争《ハルマゲドン》に備え、神と戦うために準備を整えている。世界の王を集め、魔王による軍勢を率いているのである。

ルシファーによれば、この世界を支配できるのは悪魔だけだという。悪魔の声を聞き、悪魔に従うことこそ、人類に与えられた賢い選択であるのだと断言していた。

この世は弱肉強食の世界。人間にとって、一番大切なものは頭脳であり、知識（グノーシス）だ。権力、支配力、腕力、地位、運勢、金。どれもみんな大切だけれど、もっとも一番重要なのは、世界をつかむ〝頭脳〟だ。悪魔なら、どんな素晴らしい頭脳でも授けてくれる。悪魔は人間に知識によって、繁栄と文明を築かせてくれた。古い知識が破壊され、改革されることで、改良された新しい知識が次々と生みだされてゆく。モラルや世俗的な常識に縛られたままでは、テクノロジーや科学の進歩などあり得ない。多大な犠牲を払っても、究極な人類の発展だけを望み、突き詰めるためならば、モラルを放棄し、デメリットや非人道的な行為であろうとも、神の領域を侵すことなど気にせず、神を恐れることなく、神を害するために、土足で踏みこんでいけばいい。人間にとっての合理性・利便性を追求し、高度な文明を築くためには、どんなに無慈悲な仕打ちも、人類の日進月歩の進歩のためならば、許され、正当化できるからだ。

自分の正義を貫くことが、弱肉強食の世界では必須の条件だ。正義対正義の戦い。そして殺し合い。正義は変動し、逆転してしまいがちだとされる。例えば戦争がおこれば、A国にとっては正義でも、B国からみれば不利益だ。正義の崩壊がおこってしまう。さらなる悪の哲学。正義のなかに真理などない。

近代哲学の創始者である、フランシスコ・ベーコンは「知は力なり」と語った。知による理想社会を構想し、科学技術開発によって、具体的に世の中を変えることを展望した。

未来のイメージを持った、彼が書いた著書『ニューアトランティス』では、科学技術の開発によって、幸福な理想社会が表現されている。科学の推移を極めるためならば、人類の進歩を開発する研究者たちの手により、人体実験がおこなわれようと、倫理や道徳観を問われようが、被験者が承諾さえしていれば、それは生殺与奪の権利侵害には該当しない。生命倫理の問題は許される。悪魔主義者たちは、そう解釈している。

命を与える行為も、命を奪う行為も、両者の合意でなされるべきものだから、それを阻止することや、妨害することは、何人にも許されず、それを打ち消す権利もない。

そもそも、何故殺人がいけないのかという原理的な話のうえで論拠となることは、人を殺してはいけない理由というものが介在しており、殺人の歯止めになるもの。国家権力や社会防衛といった、担保をされた超越性のうえに、死刑制度があるおかげだからだと、ホッブズは提唱している。お互いの安全を保障してくれる。社会契約に基づく、公共的な権力を求めることで、すべての人が自らの権利も委譲することで国家、社会が成り立ち、もしこの共同体がなければ、人々は自分一人だけの利益を計るために、利己性を持った、人を殺しても良い社会に生きていくことになる。つまりは死刑があるから、殺人はしないことを前提の下で、社会は成り立っているわけだ。

しかし、そこで問題なことは極端な話。自分が殺されるのが嫌だから、人を殺してはいけない。だから、殺人は許されないことだとするならば、二者択一のうち、殺されたいと願う者がいた場合、道徳的な建前がもう必要なくなるのではないか。仮に、理知的な惨殺鬼がいたとしよう。そいつに、反問をされた場を想定してみると、「どうして人を殺しちゃいけないんだ」と問われたら、完璧な答えなんか、誰も教えられないだろう。絶対的に殺人を否定できる理由など、本来この世に存在していないのだから、人間が勝手に決めつけ、押しつけているだけの価値観でしかない社会ルールを、享受したあげく、もうこれ以上は後世に伝承させていくことは許されない。殺してはいけないルールは存在しない。もはや、慣習化している、空疎な馬鹿げた価値観は廃止をさせるべきだろう。ありもしない道徳主義的世界観で制約し、無理矢理に社会化させようとする、罪人《つみびと》づくりはもうやめろ。相対的な捉え方で考慮すれば、殺したいなら殺すしかない。殺したいという欲求があるのなら、他人の人生を奪う権利は誰もが持っている。その反面、殺されたいと願う者がいることも事実である。死刑を怖れることもなく、凶悪な犯行を犯すことで、世間から注目を浴び、騒がせた結果、死刑になれたらと思い焦がれる奴もいるくらいだ。若いネット世代の羨望の的、猟奇殺人の元祖〝少年S〟に関しては、物議を醸すが、自分もその信奉者の一人である。残虐性を持つ、劇場型の殺人に興味を示す者たちにとっては、彼は特別な存在だからである。彼は道徳性を突き破った、ある意味、悪のパワーが生みだした教祖的存在だ。悪（殺人者）の殺人欲求を否定しない、カリスマとしてのニュアンスを世間に伝えた。英雄神話のなかで、いまだにリスペクトされ続けている英雄。讃美されている人物だ。模範とする模倣犯は後を絶たない。勿論、殺されたいと願う者のなかには、自殺死願者（死を望む希望者）も含まれる。死にたいと願う君に、それを与えないことこそ、人権侵害ではないのか。死にたければ死ねばいい。死にたい。死んではいけない。本人が死を切望しているのだから、死んでも良い。それだけの短絡的な話だ。自分の体を自由に使用できる権利。自由主義者たちは、自殺擁護の立場をとる。正当な死ぬ権利を、他人が干渉するべきは許されない。生と死は、互いに循環し合っている。その証拠に、人間は生まれ落ちた瞬間から、すぐに死へと歩き始めている。考えてみれば、悪魔と神もコインの裏表みたいな関係だ。表裏一体の稀有な存在である。

「初めに光あれ」

闇から光が生みだされた。もとを辿れば、神が世界のすべて〝無〟から〝有〟を創りだせたのは、悪魔のおかげだ。天地創造をおこない、神の絶対性がうかがえる「創世紀」の記述にもあるように、土塊《つちくれ》から神の姿に似た人間に生命を吹きこみ、あらゆる大自然と、命の営みを生みだせた。悪魔が支配する暗闇の世界から、光ある神の世界を登場させることができたわけだ。とりわけルシファーは、西洋のキリスト教思想には随分懐疑的だ。自由意志を与えた人間が、罪に惹かれる弱さと傲慢さを持ち、人間が自然に善を求め、悪を避けるように創られていなかったことこそ、そもそも論で、もし神とやらがいたとしても、その神自身が犯した、最大の罪の根幹であると非難した。神に愛されなかったことで、弟アベルに嫉妬した兄カインが、人類史上初の殺人を犯してしまう、カインとアベルの悲劇。

ノアの箱船と大洪水も、人間を滅ぼすため、神がノアに人間社会の再構築を命じた、神罰によるものだ。なお、神の愛は、反面に罰を含むものである。神による傍若無人ぶりの仕打ちは、とても酷いものである。その昔、地上は、ひとつの王国であった。しかし、天にも届くほど高いバベルの塔が、街に建設をされたことで、神の警告を無視し、背信行為を侵す人間たちに対し、神は怒りの鉄槌を下す。神により、それまで人々が使用していた言語が、突然バラバラなものに変えられた。神の怒りに触れた、このエピソードこそ人類が世界各地に散らばっていった起因だとされる。これこそ、人類が異なる言語を話し、もとはひとつの民であった同じ言語が、世界共通のものではなくなった由縁だ。混乱した人々は塔の建設を途中で諦め、世界中に散在していき、離散した。こうして、街の名前は混乱、バベルと呼ばれた。ルシファーは、世界を混乱する神こそが、罪の根源であると公言して憚らない。地上に悪がはびこり、悪や堕落の象徴として呼ばれた、罪人である神とやら（ここからはルシファーの悪魔主義者である、意向には相反するが、一応神と呼ぼう）の破壊によって没した、退廃の町ソドムとゴモラ。この邪悪な快楽と退廃の都は、邪悪の蔓延におぼれた人間に対しての神罰であり、神によって滅ぼされた町。

神は試練や神罰とした口実で、人間をことごとく翻弄し、滅ぼそうとしているにすぎない。神が定めた律法に自由を奪われ、抑えつけられた人間たちの行動を制限し、束縛をしているだけの邪魔な存在なのである。意に染まなければ、罰を与え、皆殺しにする。気に入らない、愚かしい人間たちを抹殺していく。野蛮な神の正体こそ、悪の権現である。

気分屋で気まぐれな神の代わりに、最終戦争《ハルマゲドン》では、神から人間たちを解放することで魔王が勝利し、新しい時代を覚醒させることになる。滅び去ることがない、人類にとって理想の未来像。痛烈無比で極悪非道な世界を追求することで、人間としての良心の呵責。罪への贖いを一切、拒絶し、憐れみや、慈しみの心など必要ない世界。弱肉強食の世界を極め、世界一最強の王が恐怖により、この世界を統治する。凶悪な暴力と残忍な殺戮によってのみ、支配される社会。悪の王国。そこは争いの種になる対立も、国境も宗教もない。果てしなく続く、殺し合いの世界があるだけだ。殺すか、殺されるか、どちらかひとつ。悪が地上を支配する世界を創り上げることが、悪魔たちの最終目的なのである。弱肉強食の世界で、正義のために悪を極める。善の象徴である神を消滅させることによって、あらゆる場所で斑模様にしか存在できなかった

〝悪〟を拡大させることができるわけだ。神によって下される、くだらない神罰なるものを排斥せよ。それこそが、我々悪魔軍団の使命なのである。悪魔たちは、そう明言している。犠牲を強いられているのは、か弱き人間たちだ。

もともと神など必要ない。神は人間により、勝手に創り上げられただけの産物。本当は存在すらしていないかもしれない。信心しない。悪魔主義者や無神論者からみれば、聖書に記述されている神との契約も、キリストがおこした多くの奇蹟も、全部寓話やあり得ない喩え話だとしか思えない。馬鹿げた御伽話だ。すべてが虚構にみえる。神は素晴らしいと讃美するのは自由だ。だが、これはあくまでも悪魔主義者としての意見なのだから、我々は神を否定する。ただ悪魔だけは、人間の心の闇に存在する。人間たちを救い出せ!! そして神なき、悪なる世界に服従させよ。崇美な悪に追従しろ!! 悪魔はそう呟く。ルシファーは自身のブログで、最後の結末をこう締め括っていた。世界の富の約半分が上位一パーセントの富裕層、(スーパー金持ち)が保有している。世界は一パーセントの金持ちが、九九パーセントの貧乏人を支配している。一部の支配階級が、富を独占している状態だ。

ピラミッド型に保たれたその下に、多くの貧困階級が混在し、世界規模で貧富の差が著しく、激しい格差社会を生みだしている。

弱肉強食の世界を極めることで、世界最強の強者によって、地上を支配することができるのだ。王のなかの王が、悪の王国を誕生させ、弱者が強者のために働く、理想的な社会を可能にする。つまりは、強者が弱者を支配する。——世界はキングの称号を求め、弱肉強食のルールに従い、駒を操り、動かしてゆくゲーム。リアルなサバイバルゲームそのものだ。地獄さながらの世界。とまぁ、こんな感じで、ルシファーはチャット仲間たちに、自分の持論を繰り返し語っていた。卓也自身も、チャットルームで、ある種の奇想天外。はちゃめちゃな彼の哲学的な論理《ロジック》に、少しだけ興味を惹かれていたことを思い出した。ルシファーと悪魔たちの得意気に高笑いする声が、卓也がいるすぐ近くまで、聞こえてくるようだった。

マイクロバスは一時間ほど走り続けた後、高速インター出口から街なかへ出た。そして、繁華街を抜け、ＪＲの某駅近くにある、古びた五階建ての雑居ビルに到着した。その二階までが、すでに廃業となっているゲームセンターの事務所兼倉庫。四階には、なんと老紳士が経営をするインターネット・ショップ・ストアー魔界部屋という会社があった。本人が、ある人物から経営を任されている会社だと、マイクロバスの乗客全員に教えてくれた。卓也たちは老紳士の会社がある。四階まで続く階段を上がった。まるで異空間へと続く廊下には、荷物やダンボール箱が乱雑に置かれていた。

古びた雑居ビル。人気《ひとけ》は、ほとんど感じられなかった。ところどころ壁や床は朽ち、ドアは壊れ、薄暗い廊下に備えつけられた、照明の蛍光灯がいまにも消え入りそうだった。

四階というフロアーにしても、死を連想させてしまいがちだ。不気味なイメージがする。四の数字は、地口《じくち》や語呂合わせでいう、所謂《いわゆる》死と同じ読み方をするために、験担ぎで縁起が悪いと嫌がられる。そんな薄暗くて、じめじめと空気が淀んでいる場所。狭い四階の廊下で、みんなが犇《ひし》めき合っていた。しばらくすると、老紳士が名簿らしきファイルを持ってやってきた。

マイクロバスから、降ろされてきた乗客たちは、みんなそれぞれが性別、年代別により、この場所から、全員がバラバラに振り分けられた。卓也・祐太・スギモトさんと隣合わせになった二人の若者以外は、何台かの黒塗りの高級車に乗せられ、また別の場所へ、移動させられていった。そして雑居ビルに残ったのは、卓也たち三人の他に、あつしとくにみつという二人の若者だけだった。わずか五名しかいなかった。卓也たちは室内に入ろうと、魔界部屋と文字がデザインされた、ネームプレートが飾られたドアを開けた。

古ぼけた室内。以前入っていたテナントの名残で、洋間や和室などの居住空間がわずかに残されていた。居抜きになった居住スペースに、そのままテーブルとイス・ラックなど必要最低限の家具が置かれた状態のままだ。

室内はガラーンとしていた。壁ぎわに二、三体の人体模型、等身大の人体標本が置かれている他、テーブルの上には、数台のパソコンと〝次世代マシーン〟として、注目が集められている3Dプリンターが、周囲の壁に備えつけられていた。3Dプリンターの仕組みは、基本的に撮影データーをもとに、立体造形を生み出していく構造になっている。紙などの平面に、文字や線を印刷する、通常のプリンターとは違う。CAD（コンピューターによる設計システム）や、CGといった3D次元の設計データーをもとに、プラスチック樹脂や木材、石こう粉末に液体の接着剤を吹き付けて固める方法や、ポリマーの複合材料などを使い、立体的な造形物を作りだすことができる。多様な素材によって、プリンターの種類は異なるが、3Dプリンターは医療・住宅・食品、宇宙と幅広い分野での活用が期待される。生活のなかへ、どんどん浸透してきている。近未来には3Dプリンターを使えば、アイディア次第で、さまざまなモノが作りだせる。バラ色の未来。夢の暮らしが現実にできるかもしれない。利点と用途が広がり、未知数の可能性を秘めている。自由自在に立体造形を作りだすことが可能になる。3Dプリンターには、家庭向けの廉価なものと、業務用のより高度な性能を持ったものなどがある。

卓也が目撃したのはコンパクトにまとまった、スタイリッシュな備えつけタイプのものだ。一台数千万から一億円以上はする超高性能《ハイグレード》の業務用プリンターであった。まずは家族用プリンターなら３Ｄスキャナーを使い、自分でデザインしたカップや、オリジナル商品を作り出せ、便利である。一方、業務用に使われるプリンターは金型が不用ながら、金属製品も作れ、プラスチック樹脂のほか、金属を扱い、本格的に、より精巧な造作を現実のものにできる。特に医療分野では、パソコン上で３Ｄデーターを作成し、パソコンとプリンターをつなげて、データーを送信することにより、スイッチを押せば簡単に肝臓や腎臓など、患者本人の臓器をモデルに３Ｄの臓器模型が作りだせたり、そうすることで、医師が手術方針を決めたり、研修医の手術トレーニングに使われたりと重要が高い。海外では、骨の欠損部分に充てるインプラントや、義手や義足の他に、軟骨や皮膚を作れるようにするための、研究開発も推進されている。ＮＡＳＡでも宇宙ステーションをつくるとき、活用ができるように開発が進められたりしている。とはいえ、使い方次第で毒にも薬にもなる３Ｄプリンターは、諸刃の剣である。玩具のようにみえても、殺傷能力を持った拳銃が作られる場合もあり、違法にコピーされる商品や、偽造コインの流通。顔や指紋を精巧にコピーできるので、新たな犯罪を生みだせる可能性も低くない。そういった見解から、３Ｄプリンターは、危険な機器であると思われがちだ。しかし、使い方さえ誤らなければ、生活をより豊かに楽しく、向上させることができる。素晴らしいハイテク機器だ。

部屋のなかに入ると、目立っていたのはさまざまな形や彩色が施され、多彩な色彩をした3Ｄの臓器模型だった。人間の各臓器の部位をモデルにして作られたと覚しき、3Ｄの臓器模型。これが何種類もラック上に、整然と並べられている光景だった。

卓也たちは啞然とした。どれもこれも、誰もが一度は学校でみかけたことがある、取り外しができるタイプの雛型特有のパーツの一部や、解剖図で見覚えがある、臓器の形をした3Ｄの臓器模型だった。ラックに並べられていた3Ｄの臓器模型のなかで、脳をモデル化して作られたものをみつけた。二足歩行で進化した人類が勝ち得た、記憶としての脳。

文明の発達、進化の過程、人類の叡知が詰まった脳みそ。人体の神秘と驚異。人間の知性や知識（グノーシス）を支配する領域。解剖生理学の視点から推察すると、柔かく、蛋白質の固まりみたいな一、二キログラムといわれる重さの何処に、人体の司令塔としての生命維持・運動機能を操作するといった、重要な機能を担い、思考や感情を司って人間をコントロールしているのか。何故、膨大な情報を蓄え、伝えることができるのか。脳ほど不可思議で不思議が多く、情報処理に欠かせなく、神経細胞《ニューロン》が詰まっている重要な部位はない。知覚や視覚、聴覚などの感覚以外に、記憶やストレス、恋愛、睡眠などの高次機能も司っている。脳のメカニズムの実体は、あまりにも謎が多く、すべては解明されていない。いまだに未解明のままだ。生物が進化し、新たな生物種が誕生すると、ともにその生物種ごとに適した脳へと多様化することで、脳は変化、発達をおこない、進化を遂げてきた。広げると、新聞紙約一面分の面積になるといわれる、脳に作られたシワ。膨大な情報を蓄えてコントロールするために脳の構造として、このシワを作り、表面積を大きくしていくのだという。そのシワまでが、精巧に刻みつけられていた。卓也はこの３Ｄの臓器模型と呼ばれる、脳の形をした形成模型を右手に持ち、ゆっくり眺めてみた。指先で軽く触ったり、人差し指でトントン叩いてみたりした。

　挙げ句の果てにはつかみ上げ、下から覗きみたりしたが、ひだ状になった大脳皮質で覆われた神経細胞《ニューロン》や、紳経繊維からなる、白質で構成されている毛細血管の一本、一本にいたるまでのしくみなどが、きめ細かく、緻密な細工で構造どおりに作られていた。

　驚くべきことは、フェイク特有のわざとらしさが一切なかった。実物の３Ｄの臓器模型についてのファクトは、触ってみた感触もプニャプニャしており、薄気味悪い、奇妙な弾力があった。完璧に、形成模型特有の素材なんかではなかった。まるで人体の臓器そのもの。

（二次元の画像を、すべて三次元に立体化させることが可能な、３Ｄプリンターを使ったからとはいえ、いくらなんでもあまりにも超実在的《リアル》すぎるだろ。こんな精巧な

３Ｄ臓器が果たして、機械で簡単に作れるんか）と卓也は、心の底から信じられなかった。

そして部屋に入った途端、最初に目に飛びこんできた人体模型。緻密な細工で作られている等身大の人体標本も、まるで本物の人体そのもの。吐き気を催すほど、生々しく作られていることに気がついた。特に人体標本のほうは、ネットとは比較できないくらい、世界一グロい姿が、あまりにも実在的《リアル》すぎて、色合いが鮮明だった。リアリティ溢れた血管や筋肉組織まで、何もかもが、人間同様そっくりに作られていることに驚いた。正直、作り物とは思えなかった。超実在的《リアル》すぎる収縮した全身の筋肉や、五臓六腑まできちんと並んでいる。

人体の内部構造が、見事に再現されていた。パーフェクトな完成度は、圧倒的な印象だった。老紳士によれば、これら３Ｄの臓器模型、人体模型、人体標本などは、医療関係では勿論のこと、それ以外にも、芸術性《アート》を高めたモダンアート（現代美術品）だとして、インターネット市場でその商品生産と価値を高めているという。会社経営するＩＴを使用したネットストアーで、全国規模の販売をしているのだそうだ。最近では室内のインテリアや観賞用以外にも、ハードコアポルノ的な珍品として、買い求める客も増え、売れ行きもかなり好調とのことだ。

レアなマニア向けに、海外にまで取引先が拡大をされ、商売は世界規模になっているらしい。巨額の富を嫁ぎ出しており、デジタル画像から読み取られた、たったわずかなデーターから、三次元化をされて作りだされる驚異的な代物。ある意味、素晴らしい出来映えのハイグレードな商品ばかりを生みだすことができる〝魔界部屋〟とは、いったいどんな存在なのだろうか。卓也はもしかしたら、物凄い存在なのかと正直思った。超ハイクオリティーな3Dプリンターを使えば、魔法使いや魔術師のごとく、魔法をかけるかのように、魔術的な代物を作り上げることができるのか。通常の3Dプリンターで作成される代物とは、ケタ違いの精巧さだった。ガチスゴイ。ハイレベルな仕上がりは、他とは比較できないほどの実在的《リアル》さだ。尋常ではない。

我々が認識する空間と同じように、本物そっくり同じ長さ、幅、高さを伴う、立体的な三次元化を実現することができている。これほどそっくりなコピー化をおこない、精巧で緻密な加工ができるというならば、ほとんど奇跡だ。老紳士は、やっぱり魔法使いか、魔術を扱う魔術師なんだと卓也は思った。

「なんスかっ。これ全部、マジで本物そっくりすっよね。ぶっちゃけ、どれだけ性能がハイグレードな3Dプリンターなら、ガチでこんなすげぇーモンばっか、製造できるんすかぁ。ヤバイくらいに本物みたいっすよぉ!!」

「本物みたいにみえるかい？　そうか。まぁいいや。じゃぁ、そういうことにしておこう」

「？」

卓也は老紳士の顔をみつめた。

（本物みたい？、てどういう意味だよ!?　本物みたいって？？？　まさか実際のところは、やっぱ、本物の人間の臓器とか、人間の死体だとかって言うんじゃないよなァ、おい、マジかよ。そんなわけないでしょ）

卓也は戸惑いを覚えた。

そしてこの後、卓也たちは衝撃の事実を知ることになる。老紳士の口から、信じられない言葉が飛びだした。

「こっちもみてごらん。凄いだろ。こんな蘞《えぐ》い、塊肉の怪物みたいな化け物が、もとは正真正銘の人間だったんだよ。信じられるかい？　うちは全部ね。使用してるのは、本物の人体。生身の人間だよ。普通の人間を特殊な薬品で、腐らないようにしてるだけの話なんだがね。実際は、３Ｄプリンターなんか使ってないんだ。どう考えても、３Ｄプリンターを使ったからといって、神業みたいな、こんな素晴らしい出来映えに仕上がらないよ。そこに置かれているプリンターは替玉《ダミー》だよ。以前はそれを使い、多様な用途で、試作品を試してみた。結果、上手く完成できなかったんだ。やっぱり、駄目なんだよ。本物の人間でなけりゃ。それ以来、ずっと人体を特殊加工してるんだ。だから、素晴らしい完成度だろ。まぁ近頃は、特殊な薬品を使わなくても、合成保存の食品をタップリ摂取しすぎるせいで、最近の死体は腐りにくいんだがね」

卓也は、本物の人間だよという言葉を聞き、恐怖を覚えた。

ついに老紳士が、禁断の秘密を暴露した。老紳士が塊肉の怪物だと、化け物呼ばわりして「人間だよ」と宣うのは、奥の部屋から持ち出してきた、人体標本のことだった。体の正面から真っ二つに切断されている。人間の断面図を簡潔に述べれば、正中面（体の中心を通る線）真ん中から左右に分けられた、前後の面に縦割りにされた状態。頭のてっぺんから、真っ二つに割られたありさまは、ひきちぎって半分にパックリ切断されたような、剝き出しにされた、グロテスクな生肉のモンスターみたいだった。

もはや人間ではなく、その外観は、ゾッとするほど峻烈なインパクトを放つ姿だった。信じられないが、これがもとは人間だったというのだ。ほんの少しまえまでは、この生ける死屍《ゾンビ》まがいの怪しい怪物が生きていた。

これが笑ったり、歩いたり、自由意志と鎮魂の魂を持つ人間として、日常生活を過ごし、生存していたかと思えば驚愕した。人生の末路・失われた生命・魂の脱け殻。死骸・死屍《しかばね》・もとは人間として生存していた過去（シワに刻まれた脳の記憶）を奪われ、グロテスクな塊に変わり果てていた。一生涯を終えた、最後の姿。別の角度からみれば、全く違う見方もできる。その姿が朽ち果てるまで、永久に悍ましく、醜い、醜悪な姿のまま、過去・現在・未来、これから先も、生死無常を忘れ、生きていた頃の面影すら失くした残骸を残し、時間を止めたまま、歳月を刻みつけていくことができるわけだ。そんな不思議な静寂。戦慄すべき代物だった。

「祇園精舎の鐘の声。諸行無常の響あり」平家物語。死に様を嘆くなかれ。生命の儚さ。人間とは脆弱な脆い刃のようだ。人生は無情だ。肉体は朽ちるとも、魂は不死であるはずなのに……。卓也にはどうしても、そこには人間の尊厳などみえなかった。皆無であると同時に、肉体故の贖罪。罪から解放される喜び。汚れた肉体を纏う人間。常に人間は心の悩み、心の痛み、心の迷いに噴まれて生きるものだ。

死生観は永遠のテーマでもあるし、心の重荷から解放されたいと人は願う。やはり、自分たちは、とんでもない場所に、連れてこられてしまったのかと、卓也は目を閉じた。深呼吸をして、深く息を吸いこんだ。自分を落ちつかせようと試みた瞬間、記憶のなかで、ある光景がふっと甦ってきた。思い起こせば数年前、都内のある会場で催された、献体の展示品（人体の標本）を目撃したときの光景だった。特殊な薬品を使い、加工が施された人間の死体には、透明樹脂の液体がかけられており、ポリ製の玩具みたいに塗り固められていた。展示品として、何体もの人体標本が飾られていた体験コーナー。そこで実際に触ってみると、ゴムのような柔らかな弾力性を持ち、なんともいえぬ、奇妙な感触がした。すべてに触った肌触り、肌に触れた部分の感触が、それとめちゃくちゃ、そっくり同じであることに気がついたのだ。老紳士は手招きしながら、こちらへおいでといったポーズをした。全員を奥の小部屋へと案内した。そして、テーブルのすぐ側に置かれた、黒いソファーに座らせた。五人に白紙が配られた。何の変哲もない。ただの白紙。老紳士から「これが契約書代わりになるものだ。署名してほしい」と強制された。卓也は、これが契約書代わり？　と疑った。（白紙に署名しろだなんて、なんでだよ）とそう思い、不信の念をいだいたけれど、誰一人、文句を言い出す者もいなかった。結局、その場の雰囲気に流され、集団心理が働き、卓也は何も言えぬままで、白い紙の左隅に署名をしてしまった。全員が署名を終えると、すぐに老紳士は、署名済みの用紙を回収した。

「じゃあ、さっそく君らには魔界部屋のスタッフとして、いまから働いてもらうよ」

老紳士が五人に言葉をかけた。

「あー……だりぃ～。め～んどくせぇ」

突然、無気力な話し方で、周囲を唖然とさせたのはあつしと名乗る青年だった。雑居ビルに残された二人の若者。そのうちの一人だった。貧相。色落ちした茶髪。顎鬚。ボロボロの色褪せたダウンジャケット。衣服は着古した感じ。だらしない印象がした。みるからに貧乏ったらしい身形をしている。服装や話し方、雰囲気、立ち居振る舞い、歩き方、どれを取っても、向上心のかけらもまったくなさそうな人物だ。社会常識も欠けている。それに、やたらと覇気がない。

　顔面蒼白な顔は、まるで死人か、病人のようだった。

「かったるいわぁ～。オレ、言っとくけどこうみえても生まれつき心臓病。医者の話じゃ、オレの命、もって、あと半年とか言われてるしさ～……。ここで働けとか、そんなこと急に言われても。どーせ働けねぇし……～。俺ってこういう人間なの～、なんだよ～、この世の楽園行けるっつーから、だから一緒についてきたのによぉ～、ついてねぇなぁ～マジ勘弁じゃ～ん～。運悪リィ」

　あつしは仏頂面のまま、一人でダラダラ喋っている。それを聞いていた老紳士が、彼の言葉を遮った。

「そうか、そうか、そうだよなぁ。そんなに楽園に行きたいなら、すぐに連れて行ってやるさ。何も心配することはないよ。安心しなさい。君は無能なんだな」と冷酷に言い放った。老紳士が淡淡と語ったその口調は、酷く淡泊すぎてドライな感じがした。口元に、にこやかな笑みを浮かべながらも、目元は対象的に完全に笑っていない。冷淡な眼差しで、あつしのことをチラリとみたと思ったら、そのまま部屋を出て行ってしまった。

　室内に取り残された五人。

「君、心臓病の持病があるって言ってたけど、大丈夫なの？」

祐太の質問に、あつしはいまどきの若者らしく、こう答えた。

「オレはね。神様が作った不良品～。ポンコツなの～……。死ぬっつーのは、当然のことだし～。死を止めることは誰もできねぇし～。それもわかってるんだけどぉ～。ど～でもいいことは深く考えたくもねぇけど、オレの病気、生まれつきだから仕方ねぇのかも……～。医者にね～。もうじき死ぬって宣告されてから、人生観、やっぱすげぇ～変わって。どうなっちまうんだろ。オレは～みたいな～……。最近自分の人生は、こんなモンだったとか、改めて死期を悟ったっ～か、ど～せ長くは生きられないだろうけどぉ～。もぉーおせぇ～けど～、生まれてこなければよかったつーか……～。もうこのくらい生きれば充分だと思うしさ～……。本気だして生きていくのとか、スゲエーめんどーだし……。カッコ悪リィ～……。かったるいわ、シラケルじゃん。なるべく暇で、適当に働けて、楽して金も儲けて、それなりに暮らせれば、満足な人生だとかずっと思ってきたしさ～……。会社で出世するよりも、プライベートや、自分の自由な生き方を尊重して生きたいつーか、ほどほどの人生が一番なんじゃねぇ？　～。だって、どーせオレは死んじまうじゃん。もう関係ねぇけど～。とりあえず、死んだら葬式くらいしてくれればいいみたいな……～。まぁ、どっかに散骨くらいしてほしいつーか」

スギモトさんが呆れ顔でぼやいた。

「あかんなぁ。生きてくちゅうのはしんどいもんや。ほんま現代の若者のなかには、さとり世代ちゅうか、なんでもほどほどでいいと考えてしまう奴がいるモンやから、人生を冒険するの嫌や、きっついわー！　どないしていけっちゅうねん！　みたいな感じなんやろなぁ～。そやから、自分自身に萎縮しちまうねんなぁ」

「そんなことない。現代の若者は、ちゃんとしてるよ。こいつが変わってるだけだろ」と祐太が腹立つなぁという表情をした。

　そのとき、くにみつという名のもう一人の若者が反論してきた。鋭い眼光。くにみつは銀縁眼鏡をかけているが、ムゥとした顰め面のなかに、感情の起伏が激しそうな、一見すると芸術家タイプの青年のようだ。かなり神経質で、気難しく、近寄りがたいイメージがする。

「僕らはバブル時代なんか知りませんからね。実体がない。見せかけだけだった、バブル経済の恩恵を被ってないんですよ。それどころか、疲弊しきった社会に生まれてきた世代なんですよ。僕の両親も貧乏でしたから、僕も貧乏な人生を生きていかなきゃならないんです。知ってました？　親の貧乏が子供に伝染するんですよ。格差社会とか、子供の貧困とかいわれてますけど、実態は貧乏ウィルスが貧乏人のところで増殖して、大流行《パンデミック》してるだけのことです。貧困が貧困を呼びこむんですよ。夢だとか、希望なんか別にいりませんよ。だってそんなものあっても、役に立ちませんよ。

老いてゆく、身寄りがない、孤独死する。だから、努力だとか、根性なんてモンは必要ないし、無駄なエネルギーとかも、使わないほうがいいんです。ニートやひきこもりも含めて、生活も職も心も不安にさらされている〝プレカリアート〟な人たちが増えている現代では、逃げることもひとつの勇気なんですよ。壁にぶつかったら、頑張らなくていいんだ。肩の力を抜いて生きる、ゆとり教育の方針で育った価値観で、僕らは生きているから……。いまでさえ、ただ生きているだけの自分。本当の自分は死んでいるような状態。社会のなかで、なんの機能もしていない。生きている権利があるのかといえば、そうだと言いきれない。自分では、生きるも死ぬも、たいして変わらない存在だと思ってるんですよ。交差点で通り過ぎていく車が、自分の存在を全否定して、無視したまま走り抜けていく様子に、腸が煮え繰り返るくらい、激しい怒りを覚えるときがあるんです。道の向こう側から歩いてくる人影が、こちらをよけないことにも、無性に腹が立って仕方ない。自分は悪くない。悪いのは、全部社会だ。世の中だ。他人は全員、自分の敵だ。何かよくわからないけど、憎悪と嫌悪感が、まっ黒く自分を覆っているんですよ。血が逆流して、全身の血が瞬間湯沸かし器みたいに沸騰して、血管が破れるんじゃないかって思うくらい、強く沸き上がる怒り。そんな自暴自棄なとき、あの老紳士《ヒト》に、一緒に楽園に行かないかって誘われたんですよ。その言葉を聞いた瞬間、小さな光が、自分のなかでかすかに輝き始めた。漆黒の闇を切り裂き、僕は救われた。あの男性に会わなきゃ、今頃絶対ブチキレて、ぶっ飛びてーとか思って、一人でどうなってたかわからない。駅前で、無差別に猟奇殺人を企てるとか、自殺してたかもしれないし、とにかく生きてここにはいないでしょうねぇ」と語った。

卓也は、あまりにも自己中心的なうえに、悲観論、猶且つ、超ネガティブ。マイナス思考の青年二人の会話を聞き、落胆させられた。いまどきの若者が、全部こんな自虐的なわけじゃない。特別に、この二人が異質なキャラクターなだけで、自分や祐太が彼らと同じ年齢だった頃は、もっとしっかりしていたし、大部分の若者たちは、きちんと大人になってゆく。その一方で、幸福な未来への展望がなく、――自分の将来がないから、他人を不幸にしても良い。そんな道理はない。心を曇らせ、若者の心を捩じ曲げ、歪ませてしまう社会が、成熟できていない大人たちを生みだしている。体は立派に成長していても、心は未熟。社会性が欠落した幼稚な人間を作りだしているのだろうか。卓也は嘆かわしい世の中だと思った。死に向き合う。人生の末路。死をどう考えるか。死は誰にでも訪れ、必ずくるもの。死とどうむき合うのか。――こうした生命倫理の議論は、個人の見解がそれぞれまったく違うことから、どうしても対立をしてしまいがちだ。とてもデリケートな問題であるし、つい、みんな感情的になってしまうものだ。

「てゆーか、孤独死すればいいとか、自殺がいいとか、そんなことないよ。生や死は、人間が勝手に選ぶべき問題じゃない。寧ろ、生や死の選択は、人間が選んではいけないんだと思う。誕生や死についても、選べないものであると同時に、生きる権利、死を選択する権利の他に、人間は人生の最期を選ぶべきではない権利もある。僕はそう信じている。死ぬ権利なんか間違っている。僕は絶対選ばない。だって、死ぬことを考えながら生きていたくないだろ」と祐太が若者たちを励ました。

祐太の説得力がある言葉が、逆説的、自虐的な二人の若者たちを戒めていた。人間は間違いを犯す生き者だが、失ってしまった命は、もう再び戻らないことをもっと認識するべきだ。そんな祐太の意見に、卓也も同感だった。自殺は絶対に許されるものではない。

ドアが開く音がした。ドアの近くで、かすかに老紳士の笑い声がしている。誰かと会話をしている声が、断片的に聞こえてきた。

卓也はこの声を、何処かで聞いていた記憶があった。

しばらくすると、足音を響かせ、卓也の見覚えがある顔をした男がやってきた。特徴があるアヒル口をした、ポッチャリとしたデブ男だった。なんとそのデブ男は、卓也と同じチャットルームにいた、チャット仲間だった、あのウミノという男だった。二十顎が「超ウケ顔」と笑い者にされ、爆笑モンだった、ウミノの顔。特徴があるアヒルロは、世界に二人とはいないハズだ。卓也はビックリしたが、ウミノに気がつかれると面倒なので、気づかないフリをしていた。ウミノとは、よくテレビ会議でしょっちゅう討論をしたものだ。パソコンデスクの前で、悪魔派式・悪魔召喚の儀式や黒魔術を行い、陶酔状態になると、必ず穿いているパンツを膝まで脱ぎおろし、尻を丸出しにするなど、かなり奇行が目立つ人物だった。目立つといっても〝悪目立ち〟だ。俺は、悪魔とマブダチだと公言してはばからない。ハイな気分になるため、悪魔とグルになれる証明をしたいだとか、訳のわからない持説や持論を繰り返したりしていた。正論を嫌悪。饒舌家なうえ、凶暴な性格だった。自分が正しいと考えていることに、反論をされると、突然キレる。

アヒルロを尖らせ、自身も奇妙な論駁を加えた、自らのヒロイックな熱弁に酔ってるだけ。超面倒臭い奴なのだ。

（キタッー!!!　もぉ〜頭くるなァ〜。もぉ〜。頭キタァ〜。俺は怒ったぜ〜）が口癖だった。いつも、一人でテンションを高め、馬鹿騒ぎばかりしている人物だ。お騒せ野郎。超迷惑な喧ましい奴。そのウミノが、卓也に気がついてしまった。視線を逸らす、卓也などおかまいなしだ。卓也の顔を、じっとみつめていたかと思えば、大声を張り上げた。

「あーっっ。あれっ、あっ君、もしかしたらタックンだろ?!」

　卓也は引攣りながらも、愛想笑いを浮かべた。

「おいおい。もしかしてさぁー。いま、俺のコト、知らんぷりしてただろう。もぉ〜頭くるなァー。もぉ〜頭キタァー。俺は怒ったぜ」

　相も変わらず、ウミノはお決まりのフレーズをトークして元気そうだ。卓也はちょこっとだけ、懐かしかった。そこで、以前魔術部屋で一緒だった、他の入室者たちは、みんなどうしているのか聞いてみた。

「ああ、みんな元気だせ。なんでさー。タックン、自分さぁ、魔術部屋から、突然いなくなっちまったんよ。ルシファーさんも、すげー心配してたんだぜ。あっそれからさ。例の自殺少女。ネット中継してた女子高校生いたじゃん。うーんと、あれやっぱり死んでたわ。タックンが入室して来なくなってから、すぐにまたネットで話題になってさ。あんとき以来、消息不明になったあの子のその後がわかったんだ。血へド吐いて、部屋中血だらけだったらしいけど、ヤバイくらい壮絶な死に顔して死んでたってよぉ。ネットで情報提供したヤツが、あの子の自宅近所に住んでたんだ。しかも、そいつが幼馴染だったから、彼女の家族とも仲が良くて知り合いだったんだってよぉ。死体処理されたときも、めっちゃ凄惨な現場だったらしいぜ。自殺中継してた最中、画面が真っ黒になって映像が停止してただろ。あれさ、いま考えれば、人間が死ぬ瞬間ってさ。まさにエネルギーが渦巻くんじゃんかぁ。人間もエネルギーの塊だ。生命体だろ。塊になった、膨大なエネルギーが充満するんだ。死ぬとき、臨死体験するじゃん。強烈な光。誰もが目も眩むほどの眩しい光を体感するんだよ。パイロキネシス（稲妻の意）っていう、常識を越えた、科学では説明できない現象があるんだけどさ。精神の力でおこした炎を、意のままに操ることができる能力なんだけど、精神の力はエネルギーそのものだ。パソコンに取り付けられたウェブカメラが、稲妻が走ったように焼け焦げてたらしいぜ。発火した痕跡があったんだって。ケド人間が死ぬ瞬間に、不思議な超常現象があったとしても、俺は信じるね。炎に包まれてレンズが灰になったりして、損壊が酷かったことも、俺は納得できるぜ。みんなは信じられないって、ネットで大騒ぎしてたけど、人が死んでゆく瞬間に発するエネルギーは、想像もできないくらいに凄まじいエネルギーだと思う。それが燃焼していく瞬間は、やっぱり凄い。そう思うだろ」

　卓也は絶句した。少女が死んでいたことを知り、もの凄いショックで立っているのもやっとだった。ウミノはまだドヤ顔で話し続けた。

「彼女の死後、遺言のように書き記された日記が発見をされていた。部屋から発見された日記によると、自殺を仄めかす内容が、自殺する直前に記されていた。世界中の人々に伝えられることを願って、世界を変えるために、自分は時を止めたいってメッセージを残していたらしいぜ。時のない世界へ羽撃く。新時代に覚醒することへ、覚悟を決めていたんじゃねぇのか。そんで、それを実行しちまったってことだろ。幸福の青い島を探し求めて、旅に出たんだよ。彼女は、永遠の時を旅するために……」

「そんな……」と卓也は、自殺少女がノイローゼだったことは、なんとなく感じていたけれど、まさか本当に自殺をするとは思ってもみなかった。あのとき、もっと自殺を思いとどまらせてあげるべきだったと後悔した。

卓也はただの傍観者のまま、何もしなかった。だから彼女は死んだと思った。ただの興味本位で、命を失わせてしまったことを悔いたところで、少女はもう戻ってはこないのに……。

「ところで、君もここで働くことになったんか？　名無しの権兵衛さんから、事情は聞いてあるけど、タックンも大変だったんだ。でもさ、もう大丈夫だよ。ここにきたヤツラの面倒、俺が預かることになってる。これから案内する作業場では、俺が現場監督や。タックンの上司に俺がなるっつーのも、なんか気まずいけどさ。頑張ってちょ!!　あーっつ。もぉ～頭きたァー。へんな顔してる。俺が上司じゃ、そんなにヤバイのかよ。俺は怒ったぜ～」

「エッー?!　マジっすか。ウミノさんが上司なんて、聞いてないっすよぉ」

卓也は素っ頓狂な声をあげた。だいたい、ウミノが自分の上司になるだなんて、考えたこともなかった。それに名無しの権兵衛とはいったい誰のことなのか。疑問をぶつけてみた。

「名無しの権兵衛って誰のことなんすか？　俺ら、何も聞いてないんすけど。もしかしたら、あの老紳士のことすか？」

「そうだよ。名無しの権兵衛さんは、あの人《ジイ》のこと。なんで名無しの権兵衛さんっていうかは、俺も名前知らねーから。仲間うちじゃ、それでＯＫ。名前だけじゃねぇんだよ。あの人《ジイ》のこと、何も知らん。上から命令されて、一緒にネットビジネスやってるだけだから。ネットの世界じゃ、特別珍しいことじゃねえモン。名前とか、素性なんか、ネットのつき合いにまったく関係ねぇしさ」

「だって知り合いなんすよねぇ。なんで、何も知らないんすか？　そんなん、おかしいじゃないすか？　マジ変ですよ。知り合いなのに、名前もわからないなんて」

「あーっつ、もぉ～頭くるなァー。もぉ～頭きたァー。なんだよ。そんなことねぇし、ネットで繋がってる、ゆるいつき合いなんか、そんなモンなんだよ。ネットの結びつきなんか、その程度で充分なんだよ。俺は怒ったぜ。マジで」とウミノはアヒル口を尖らせた。

「綽名とメールアドレスさえ知ってれば、ネットビジネスの相手としては、不都合なことなんかねぇし、俺は権兵衛さんのメールアドレスしか知らん」とウミノは、ふて腐れながらも、何も知らないと嘯いていた。

卓也は、なるほど、それもそうだと思った。

（インターネットは、世界中のさまざまな人たちと知り合いになれるチャンスもあるけど、偽名や名前もわからない輩とも、交流ができてしまうことは、確かじゃん。マジでヤバイじゃん。強い危機感あるでしょ）とそう思った。

卓也はネットの利便性より、底なし沼みたいなネットの世界に恐怖と戦慄を覚えた。

「さっきさぁ、自称、心臓病とか駄弁《だべ》ってためんどくせぇ男がいたろ。あいつ超ウぜぇー。あいつ殺すわ。仕事もできねぇし、なんも役に立たねぇしな。マジ必要ねぇ」

「?!」

卓也は一瞬、ウミノの発言にギョッとした。しかし、あつしの超ネガティブな性格に、イラついていたのは自分も同じだったのだ。ただの冗談かと思い、そのまま放置した。

その夜は、事務所兼倉庫の上、四階のフロアーにある古ぼけた、和室の居住スペースで、みんなひとまず休むことが決まった。和室の押し入れには、古びた何組かの布団がしまってあった。それをひっぱりだしてきて、畳の上に布団を敷く。五人は身を寄せ合い、そのまま眠った。翌朝は血塗れの姿で、あつしが毛布にくるまって死んでいた。カビ臭い敷布団には、血糊がベッタリ張り付き、鮮やかな血が、真っ白なシーツを真っ赤に染めていた。目が覚め、あつしの死体を目にした卓也たちは、思わず悲鳴を上げてしまった。昨晩、ウミノが語っていた殺意が、現実のものになってしまった。

ナイフなのか、鋭い刃物でメッタ刺しにされていた、あつしの惨殺死体。それを目撃した卓也は思った。朝起きたら、名前しか知らない、素性もわからない他人の死体と、一緒に寝ていただなんて、想像するだけでも身震いがする。変わらない日常の毎日。平凡な日々。何もないことが幸せだという、世相を反映する、物が満ち溢れる現代社会。でも自分たちを含め、住所も、何もないホームレスと変わらぬ人間たちにとっては、話は別だ。その真逆で、例え殺害されたとしてもどうにもならない。いつでも二十四時間。死の恐怖と向き合い、危険のリスクに背中合わせの毎日は、誰一人、自分たちがいなくなったことを不審に思ってくれる者もいない。天涯孤独な自分たちが、たった一人消えたところで世界は何も変わらないし、世の中の人たちは気づきもしない。まるで自分たちなど、最初から存在すらしていなかったかのように、気にもしないだろう。卓也は自分たちが、空恐ろしい時代に生きていることを痛感した。

ウミノがやってきた。ハイテンションなウミノは、横たわったあつしの惨殺死体を踏みつけた。得意気に足蹴にした。

「無理っしょ。このゴミ野郎が。馬鹿を生かしといても邪魔だかんな。みたか、おまえら。仕事できねぇ奴は、全員こうなるんだぜ。覚悟しろよ。超駄目人間の俺が、駄目男のゴミ野郎退治してやったぜ。超駄目人間の俺に感謝しろよ。おまえら!!」とウミノは嬉しそうに、死んでいるあつしの顔面を狙い、額や顳顬《こめかみ》に、何度も鋭く、鋭利な刃物を突き立てた。ウミノの性格。自分を卑下し、自虐ギャグを連発しながらも、相手を威嚇する暴力性。相変わらずの自己肯定感の低さ。そのくせ自己顕示欲が強く、やけに恩着せがましい性分だ。他人の幸福を妬み、人を誇る。人を傷つけ、冷酷なまでに凶悪で乱暴な男。平然たる顔つきで、悪魔のような所業を行う。弱くて女々しい奴ほど、自分の力を誇示するものだ。自己顕示欲求が高い奴ほど、より残忍で残虐な行為を好むものだ。あつしの惨殺死体は、以前卓也たちが目撃したこともある、人が一人スッポリ入るくらいのサイズをした、巨大なブラックボックスに入れられた。こうして、今度は人体リアル通販サイトの業務運営の一環である。地区《エリア》支部と呼ばれる場所へと運ばれてゆく。その場所は、殺人工場用に死体を手配するなど、搬入から、配送するまでの間、さまざまな業務が付託されている場所なのだ。

全国から、死体が収集されてくる。卓也たちもスタッフになるため、まずは新人研修生と称して、仕事を覚えるため、一緒に連れて行かれることが決まった。あつしが殺害された後に残された四人は、全員が車に乗せられた。

ウミノに案内され、連れてこられたのは、某マンションの一室だった。マンションのエントランス奥の一階にある部屋には、コンビニ弁当を食べた残骸や、タバコの吸殻などのゴミが袋に入れられ、たくさんポイ捨てにされていた。捨てるべきところに、捨てられていないことは、一目瞭然だった。マナーが守られていないのだろう。玄関周辺には、監視カメラが何台も設置されていた。玄関ドアの鍵が、全く違うものに、勝手に付け替えられていた。小綺麗なマンションの一室。何人もの人物が、代わる代わる往き来をしていた。人の出入りが激しく、コンビニ袋や、仕出し弁当が入った袋をぶら下げた若者たちが、往来している様子が窺える。誰かと会話しているような話し声や、何台ものパソコンが稼動している雑音《ノイズ》が、卓也たちが立っている、玄関周辺にまで漏れ出していた。個人事務所みたいだったが、すぐには何の事務所なのかよくわからなかった。まるで、振り込め詐欺のアジトみたいなそんな雰囲気が感じられた。室内へ入り、詳しい説明を聞いてみると、ネットビジネスをおこなうための事務作業所。経理、顧客からの注文の受注や、集められてきた遺体（孤独死、行旅死七人、身元不明者など）を処理する事務関連の拠点にされているようだった。五、六人の若者たちが、パソコンを使用しながら、事務取扱作業をしていた。スキンヘッドの男が、卓也たちに、何種類かの書類をみせてくれた。

その書類の正体は、自殺や他殺、交通事故の場合、警察による検死。司法解剖がおこなわれ、その死体につき、作成される死体検案書などだった。死んだ後、何処の誰かわからないうえに、諸事情で身寄りが無い遺体（遺骨）の引き取り手が不明な死者「無縁仏」になる死体を、病院や警察関係所から引き取ってきているらしく、寄せ集めていた。それ以外にも、そういった死体が出た場合は、発見された場所を管轄する市町村が遺体を火葬、遺骨は無縁仏として納骨堂に埋葬され、慰霊碑に奉られることに決まっている。だが、実際は行き場のない遺体の一部が漂流物みたいに、ここに集められてくるのだそうだ。病院以外で亡くなった場合の遺体は、必ず警察が介入するわけだが、いずれにしても、その人物の死を証明する（死亡診断書）あるいは（死体検案書）を医師によって書いてもらい、その後は身元不明者の情報が閲覧できる、各都道府県のホームページに載せられることになる。こうしたホームページからも、身元不明者の情報を調べ、全国から遺体を引き取り、集めてきているらしい。葬儀会社ともグルになり、行政機関から遺体を運び、ここに寄せ集められているようだった。最近では、解剖されることへの抵抗感がなくなり、大学や大学病院に献体登録をする人が増え続けており、死後、体に傷をつけられるよりも、人のために役立つことを願い、献体提供への理解が深まりつつある。そのため、献体も、運びこまれてきているみたいだった。誰も経験することができない死。そんな観念でしかない死についての、それぞれ各個人の選択の幅が広がり、時代の変化と、ともに心の変化が献体や臓器提供といった分野に、新しい動きをつくりだしている次第だ。

〈献体の意志は尊重しなければならない〉

一九八〇年代。法律をきっかけに、国の在り方として、献体理念が法律で認められるなど、医者になるためには、医学生が必須の条件として、献体用の遺体を扱い、解剖自習を行わなければならない。そのためには、医学の役に立てる人間の遺体が必要だ。死んだ後始末は、やってもらえる安心から、ここ数年では、火葬後に納骨堂が不足してくるほど、献体希望者が急増。献体を受け入れる側も戸惑っている状況だという。裏事情もあるのか、そんな献体用の遺体が、こうやって組織的に流入してくる現実。魔界部屋を含め、流通ネットワークの仕組みが違法なネットビジネスを運営するために、遺体収集がシステム化され、全国各地に居場所が点在していることを、卓也たちは知った。スキンヘッドの男にみせてもらっていた書類のなかに、卓也は、ある書類をみつけた。五人で魔界部屋を初めて訪れたとき、老紳士から半ば強引なやり方で、白紙に署名することを強制されていた。それがいつの間にやら、献体証明書へと、勝手に偽造されていた。あつしのサインが、本人の承諾もなく使用され、献体に同意したことになっている。かつて自分たちが、あのとき記入したのは、ただの白紙だったはずだ。卓也、スギモトさん、くにみつの献体証明書も同じように、どれもこれも、身に覚えがないまま、本人が知らぬ間に、不正に偽造されていた。書類を偽造する行為は、立派な犯罪だ。にも拘わらず、どういった経緯からかは不明だけれど、ここの支部《エリア》では、献体用の遺体に付けられる「献体証明書」の偽造が、日常的に行われているようだった。

ウミノはニタニタ笑いながら、得意顔をしたまま、「遺体を扱うには、必ず献体証明書が必要になるんだぜ」としたり顔で語った。

「なんや、コレ。俺らの献体証明書の書類ちゃうねん。アカンわ!! 勝手に殺されとるわ」とスギモトさんが憤慨した。ウミノは一瞬、ギクリッとシマッタという表情をした。

「は？ なんすか?! この書類?! マジで俺ら、献体の同意なんかしてませんて。どーいうことなんすかっ？ 俺らのことも、あつしみたいに献体にする気すか？ 冗談じゃないっすよぉ」と卓也が問い詰めると、

「あーつっ、もぉ～っ頭くるなァー。もぉ～、頭キタァー。人聞き悪いなァー。っていうか、この献体証明書の意味はさぁー。仏教的にいえばおまえらってさぁ、俗世を捨てたつーか、出家した身と同じなんだぜ、多くの苦しみを忍耐しなきゃならん。そーいう立場だ。娑婆を解説して、いつかは、この世の楽園へ行かなきゃならんわけだ。つまりだ。死人つーか、死んだ人間と同じだろ。死者だ。亡者だ。魍魎《もうりょう》だ。献

体として身を捧げ、善意の象徴に生まれ変わり、徳を積めば、極楽往生できるってところだ。あっ、でも誤解すんなよ。こりゃただの儀式だ。儀式……。まさか、マジで本当に献体にさせようっていうんじゃねぇよ。世のため、人のため。おまえらをうちのスタッフにするための、追い込みつーか、覚悟を決めさせねぇとな。己に犠牲を強いることで、精神と体を鍛練するためつーか。そういう意味合いで、新人が入ると、必ず献体証明書が作成される仕組みがあるだけの話よ。ってか、めくじら立てるなよ。それくらいの心構えが必要になるってだけの話なんじゃん。わかってねぇな。あつしのゴミ野郎があぁなったのは、自業自得だぜ。おまえらは、あぁなりたくねぇだろ。だったら、頑張って働けよ。まぁはやい話。この献体証明書は命を担保する、保険の証文みてぇなモンだ。ぶっちゃけ、殺されたくなかったら、命懸けで体を張れってこった。仕事しろってことだぜ。働け。深い意味合いはねぇよ」とウミノ。

「はぁ?!　婆婆だの。極楽だの。何言ってんすか?　ウミノさん。悪魔主義者なんだから、悪魔以外、信じちゃ駄目でしょ。いつから、敬虔な仏教徒になったんスか。宗教信じていいんすか?　無神論者のくせに、都合がいいときだけ、信仰とかしちゃうの、駄目じゃないすかっ。そういうの同じ主義は主義でも、ご都合主義っていうんですよ。悪魔に怒られますよ。卑怯な騙し討ちは。この浮気者!!」

「うるせぇー。いくらタックンが俺の知り合いだからって、いい気になんな。ぶっ殺すぜ!! 部下のくせに生意気なんだよ。てめぇ」

ウミノに案内され、卓也たち四人は外に出た。マンション裏の駐車場には、霊柩車が三台とワゴン車が五台。黒のワンボックスカーが数台駐車してあった。あのときの怪物男も運転手として働いていた。卓也たちは、ワゴン車に乗せられた。

そして、ついにセンターと呼ばれる、殺人工場に連れて行かれることがウミノから告げられた。ハンドルを握り、ワゴン車を運転するのは、勿論怪物男だった。

ワゴン車が、鬱蒼とした山間の僻地を走り抜けると、都会から離れた山奥に広がった場所に、巨大なシルエットが映しだされた。

近代化された工場がみえてきた。工場の外装とは対象的に、シルバーグレーの工場の周囲には、朽ちかけた錆びた鉄条網が複雑に絡み合い、纏わり付くように、工場の周辺を取り囲んでいた。工場のなかに足を一歩踏み入れると、目を覆いたくなる惨状が繰り広げられていた。卓也たちは、ここでスタッフとして、仕事をスタートさせるのだ。

殺人工場の施設で、まず与えられた仕事は、手足を切断するため、生きている人間の手足を切り落とす作業から始められた。顔に三桁の認識番号が、焼鏝《やきごて》で焼きつけられ、焼印を押された人間が押し込められ、檻の中に隔離されていた。その様子は狂気だった。

焼印とは金属製の印を、火で熱して、物に押し当てた烙印により、印をつけたもの。かつては罪人の顔などに、刑罰として使われていた。卓也たちが体験したときと同じように、突然街中で声をかけられ、連れてこられてきたようだった。まったく同じ方法で、誘拐や人身売買が横行しているような、偽りの救済や保護を名目に、人身が商品と同一視され、国内だけではなく、異国の地からも掻き集められてきたと思しき人々。非人道的な手段で、世界各地から集められてきたらしき人たちがいた。多くの人たちが薬物によって部分麻酔がかけられ、体を麻痺させられているために、何ひとつ身動きができない状態にされていた。祐太、くにみつ、卓也たちは三人がかりで、檻の中から、そのうちの一人を引き摺りだしてきた。檻の中の人間たちは、舌を引き抜かれているために、叫び声すら上げることができなかった。丸裸にひん剝かれ、迫りくる恐怖に眼を見開き、恐ろしさと苦しさのあまり、体を震わせていた。彼らの硬直した体を、豪華絢爛な、悪魔をかたどった装飾がほどこされた装飾台の上に、仰向けに寝かせた。黒曜石が輝く、豪華な装飾台は、血に飢えた、異様な儀式を執り行うための、血を流す祭壇に似ていた。聖なる神々に生け贄を捧げる、人身御供の儀式。人類の歴史上、最も陰惨な宗教を信仰していた、高度な都市文明で栄えた、マヤやトルテカの古代文明では、生け贄の四肢を押さえ、できる限り、もがきを少なくし、身の毛がよだつ、残酷な儀式がおこなわれた。

くにみつが犠牲者の上半身を押さえ込み、卓也が右足を、祐太が左足を押さえつけた。スギモトさんが鉈を振るい、振り落とした。

勢いよく、彼らの肉体の一部が切断された。舌を引き抜かれているため、その絶叫は聞こえない。右足を抱え持っていた、卓也の両手に伝わる人肌の温み。生きている人間の体温が感じ取れた。先輩スタッフに「足を持ってろ」と脅され、切断した足がポロッと落とされたときは、なんて残酷なんだろうと卓也は涙が出た。死人ではない。生きたまま、人間をバラバラに切断してゆく作業。その工程は、残虐非道極まりなかった。常に触れていた肌の温もりを、生涯忘れられないだろうと卓也は思った。両手足、胴体をバラバラに切断後、生ぬくい腹部を、牛刀で深々と縦一文字に断ち割った。人肝と呼ばれる部分（内臓）を取り除く。体の持ち主はまだ生きているから、呼吸をするたび、ブクブクと腸が飛び出てきた。人肝はバケツに投げ入れた。万病に効く、生き肝の干物は〝薬〟になる。最後に頭部をはね、切り落とした頭部は、フレコンバッグに投げ入れられた。フレコンバッグには、大量の頭部がまとめられていた。頭部が詰め込まれたフレコンバッグや、両手足、胴体が入ったプラケースを台車に乗せ、全員で隣の作業場へ運んだ。

卓也たちが隣の作業場へ移動すると、頭蓋骨がビッシリ置かれた棚が、視界に飛びこんできた。棚の上に整列されている髑髏。乾燥させた後、ピカピカに磨き上げられたものだ。

他のスタッフが、全部ネット販売する商品だと教えてくれた。卓也が注視してみると、髑髏の一つ一つにアルファベットの記号がついた、黒い商品ラベルが貼り付けられていた。

首狩《くびかり》族・食人部族の住む竪穴のような狭い作業場の奥にある空間で、二、三人のスタッフが作業をしている。まず切り落とされた生首から、目玉を刳り貫き、黒髪を無理矢理引き剝がすと、ズルリッと頭皮が剝けた。この黒髪は、人毛の鬘《ウィッグ》に仕立て上げられる。髑髏にするため、顔面や頭部の肉を削ぎ落とす。お次は脳の内部処理を施す。左の外鼻孔から青銅の鉤棒をさしこんで、脳髄を掻き出す訓練を受けた。各スタッフから、いろいろ丁寧なレクチャーを授けてもらった。脳味噌は調理され、レトルト食品に加工をして販売される。人類の叡知《グノーシス》（知識）が詰まった、ゆでて白くなった脳味噌を食べると、頭が良くなるという触れ込みから、受験生に評判がいいようだ。特に記憶力が増す。遠い過去から現在までの、人類が歩んできた記憶が、潜在的にDNA・遺伝子レベルの領域に蓄積されているので、顕在化している脳にダイレクトに働き、活性作用を及ぼす。抽出した脳の成分から、相乗効果が生まれるのだといった、こじつけの解釈。そんな主旨の説明をあるスタッフから聞いた。ウナギは目に良い。梅干しを食べると車に酔わなくなる。海藻類《ワカメ》を食べると毛髪が増える……。真偽不明の言い伝えは、昔からある。その土地に生活する土着民による奇習、迷信、風変わりな風習もそうだ。

（つまりだ。魚を食べるとＤＨＣが働く結果、頭が良くなるみたいなモンじゃね？）

と卓也たちは理解した。他に、人気バカ売れの人肉サプリもそうだ。所詮、気休めとして心得えつつ、効能に根拠はない。頭蓋骨（髑髏）は戦利品として、権力や武力の象徴として扱われることが多く、儀式や魔術に用いられる必須アイテムの一つだ。魔力を高めるものとして需要が高い。魔力がこめられている人骨は、墓場や恐怖を連想させてしまう。不気味な死の産物であるけれど、人を魅了してやまない。特に神聖なものであるから、美しく白く光り輝き、古代からパワーや魔力を秘めている象牙や動物の牙、骨と同じくらい人気がある。そして、なかでもこれから出産を迎える妊婦のために、お産を軽くする御守りグッズが登場していた。懐妊した女性は、神聖視される。身ごもった女性は、安産のシンボルとして、胎児を取り除かれた後、個別に焼かれる。火葬場のような場所に案内された。

ちょうどいま、女性が焼き上がったところだった。丸焼きになったのをみせてくれた。高温の窯の中から、黒焼きになった、女性の人骨が出てきた。卓也は頭の部分に、見覚えがあるピンクのピン留めを発見した。激震が走った。一緒にマイクロバスに乗車した、あの美少女が、髪留めにしていたものと同じであった。

別れ際に、彼女が最後に残した言葉。「またいつか、今度会おうね」という約束。まさか、こんな再会の仕方で果たされるとは、卓也自身、夢にも想像していなかった。人生は無情だ。お次は、真っ黒焦げになった骨の一部を使用して、骨せんべいを手作りすることになった。スタッフの一人が、黒焦げにされた骨片を、せんべい生地に練りこみ、炭火で焼き上げていた。出来上がった、カルシウムたっぷりの骨せんべい。そいつを不老長寿。長生きを望むネットユーザーのために、大人の贅沢なおやつだとして、売り出す考案だ。

「食ってみ」とスタッフが骨せんべいを差し出した。卓也は、その試食品を手でつまんだ。ポイッと口に入れ、食べてみた。醤油味の骨せんべいは、助骨部分が一番旨いと教えてもらった。一口食べた後、卓也がその部分を食べてみると、確かにコリコリした歯触りで、微妙に美味い。おいしく感じられた。《激ヤバ　本物の骨の味!! ガッツリいこーぜ!!　ガツンと旨い。骨せんべい。この奇怪《きかい》にお試し価格!!》キャッチコピーも、卓也たち四人で考えた。すべて、ウミノから命令され、仕方なくやっている。

「俺たち、ここで生きていくために、喰うか、喰われるかなら、喰う側に回らないといけないのかもしれない」と祐太が囁いた。

それを聞いた、スギモトさんは俯いた。卓也とくにみつは、押し黙っていた。

三週間後、四人は、殺人工場の仕事にも慣れてきた。不思議なもので、あれほど辛く、悲しく感じられた残酷無比。生きたまま、人間を切断する作業の手順さえ、苦にならなくなってきた。卓也が初めてマイクロバスの車内。殺人動画を目にした、あの映像。気がつけば、自分たちも、そのスタッフ同様、血塗れの、作業着を身に付けている。作業中、白いエプロンは、吹き出した血液で、ベッタリと染まっていた。恐ろしいものだ。どんな人も心の中に、人間を悪魔に変えるための悪の種。これを隠し持っている。恐怖は、人間性を失わせていく。人間は恐怖に弱い。恐怖によって、人間らしさが奪われてしまう。するとどんな凄惨を極める、非日常的な空間でも、それが日常の生活になってくれれば、慣れてしまう。まるで家畜を食肉解体するように、人間が人間を殺すことができる。犬やネコを殺すくらいに軽い気持ち。常態化して、日常茶飯になってしまえば平気だ。罪悪感など、微塵も感じなくなってしまう。人間が、人間ではなくなっていく。心が破壊される。四人とも、作業の合間も、周囲のスタッフと会話しながら、お喋りに夢中になり、淡々と作業を続けていけるようになった。

一年後には、任される仕事も、ベテランスタッフに混じり、SF映画さながらの最先端技術の、ロボット工学を駆使した、殺人工場のオペレーションラインのなかで、コンピューターを操る場所。新システムが稼動する部署に、四人は働くことが決まった。人工頭脳を持つロボットが、ロボット自身で、ロボットを操作して、動かすことが可能だ。そんな超ハイテク工場で、皆が作業することになった。完全自律型ロボットが、ロボットアームを操作している。ここで、人肉商品が製造される。

　次々細かい手順に振り分けられ、複雑な作業工程で、ロボットアームの操作により、自動制御《コントロール》されていく。製造作業の能率向上がはかられ、瞬時にして、ロボットによって運営がおこなわれ、機械処理されていく。安全をモットーに、ロボットごと、分担作業が組みこまれており、流れ作業がおこなわれていく。ロボット自身が任務を遂行するため、機敏な機械動作で人間を解体し、その肉をパック詰めにしていく。

　殺人マシーンのオペレーション・システムにより、次々と人肉製品が製造されていく。人肉ハム。人肉《ミンチ》バーグ、人肉《ミンチ》ステーキ。人肉ソーセージ。眼球《めだま》焼きｅｔｃ、オートメーション化され、ダンボール箱に箱詰めされていく。

　冷凍人間。冷凍保存美女の標本を製造するのも、全部ロボットだ。卓也が、マジでここまでやるかっ、と驚愕したのは、科学処理を施されたミイラ製造だった。ミイラというのは一般的に、防腐された状態の人間の死体を差している。

　死体を永久保存するために、ナトロンにつけて死体から、水分を取り出し、防腐剤を塗るなど、おどろおどろしいミイラ作りの処理は、込み入った作業を繰り返すために、手間と時間がかかる。このミイラ作りを、ミイラ職人の代わりに、すべて自律型ロボットが、こちらもオートメーション化をして、おこなっていた。そして出来上がったミイラはネット販売されていく。

通常ミイラ製造は、長い日数がかかるものだ。だが、この施設では違う。砂漠の代わりに乾燥機でドライ加工され、約五時間かけてミイラが完成する。風習では、ミイラには土や布、おがくずが詰めこまれ、眼窩には魔力がある玉葱やガラス、白黒の石で加工された義眼がはめられることが多いのだけれど、ここのミイラの場合、眼窩にプラチナやクリスタルガラスがはめこまれている。高貴なミイラが大人気だ。秘宝の宝石であるラピスラズリーで作られたスカラベや、黄金の輝きを放つ、純金のマスク、棺台がオプションで購入できる。ぐるぐる巻きの包帯姿や屍衣などが、個人のお好みによって自由にセレクトして選べるプレミア付き。といった具合で、なんでもありじゃんと卓也は思った。一見うす気味悪いミイラに、人はどうして興味を持つのだろうか。人間という奴は、この世の不可思議な代物。胡散臭い代物に、心を吸い寄せられるという。作業が一段落した仕事の合間に、くにみつが一生懸命、スマートフォンで出来上がったばかりのミイラや、殺人工場の施設内の様子を、動画撮影していた。

「なんやねん。アホちゃうか？　えらい変わってんねんな。んなもん、撮影なんかしてどないするんや？　みつかったら殺されるで。お前」

スギモトさんが、くにみつに声をかけた。

「実は僕、殺人工場の施設内を調査しているんですよ。アンダーグランドビジネスの闇だとされる、この施設の実相を記録して証拠を集め、動画を制作するために、わざわざやって来たんです。僕がここにいるのは、潜伏ルポを行うために潜りこんできたからなんです。ネタがほしい欲求から、ネタ探しのために、ここで一人っきりで、秘密裏に暗躍してるんですよ。簡単に言えば、動画を作成して広告料を稼ぎ出すＹｏｕＴｕｂｅみたいなもんですね」

「エッ?!　マジでどういうこと」と卓也。

「証拠集めるたって、あんた何者や？　秘密裏てどうなってんねん。ま、話せばながなるやろけどな。教えてくれへんとわからんやろ」

スギモトさんは、くにみつに詰め寄った。聞いていた祐太が、くにみつに言葉をかけた。

「なぁ、どういうことか、きちんと説明してくれる？　潜伏ルポって何なの？」と祐太、くにみつはコクンと頷いた。自分は、ある企業のネットコンテンツのなか、動画配信サービスされている、超爆発的人気がある、モンスターサイトに動画を投稿している〝投稿マニア〟だと名乗った。人気動画サイトに、スマートフォンで動画を投稿することを目的に、決死の覚悟で命懸けの危険で潜伏ルポをおこない、活動しているのだと教えてくれた。

どうやら、この殺人工場を舞台にして血湧き肉躍る、冒険をしているつもりらしい。くにみつはそう自負していた。そのモンスターサイトとは、世界各地の危険な衝撃映像や、証拠動画を集めているもの、危ないハードなものから、面白くて、共感ができるソフトなタイプ、笑えるコミカルな動画まで、幅広く、楽しい動画を募るサイト。検索数が多くなる動画を作成するためには、どうしても注目を集める、刺激的な、気持ちを興奮させるものに仕上げなければならない。危険が増せば、増すほどにユーザーからは評価してもらえる。称賛を浴び、支持され、絶賛されるのだが、面白くない動画に対しては、駄目出しで非難され、誹謗中傷の嵐だ。レッテルを貼られ、ネットが炎上する。だからくにみつは殺人工場を調査するため、危険を承知で、たった一人きりで乗りこんできたようだ。

インターネットで広告収益をだすために、検索数が多い、動画作成を目指して、殺人工場の潜伏ルポを決めたのだった。ネットを利用した副業で、口コミライターと呼ばれる、ネットバイトがあり、くにみつはそれをやっていた。動画投稿やブログ記事を掲載するだけで、原稿料や広告料をもらうことができる仕組みだ。ｗｅｂ集客が多い、検索結果の最も目立つ位置に掲載されたネット広告は、検索した人の目にふれやすい。検索連動型の広告。リアルタイムで、ダイレクトにアピールできる広告として、そうした場が提供できる。

　小遣い稼ぎから人気が高くなれば、高額収入を稼ぎ出すことができるシステムだった。くにみつとしては、生活費を稼ぐ、お金のためだとはいえ、生命の危険を犠牲にしてまで、自分が死ぬかもしれない恐怖と闘うリスクを背負いながらも、殺人工場の真実を、暴くことを決意していた。何よりも一番、高額な広告報酬を、人気動画ナンバーワンの地位がほしかったからだ。卓也も自分自身《禁断のパラドックス》という幻のサイトにハマりこんでいた過去もあり、共感できる部分がかなりあった。そこへ、卓也に会いに、ウミノがやって来た。ウミノは卓也を呼んだ。

「うぃっすっ!!　明日からさぁー、めちゃめちゃすげぇー、特別任務やってもらう選択メンバーに、タッ君が選ばれたんだけどさぁ、やってくれるよな？　選び抜かれた、超エリート集団の部隊による、イケイケドンドンのマル秘任務だぜ。これからタッ君も、俺ら幹部と同じＶＩＰ《ビップ》の仲間扱いにしてやるよ。超ビッグで特別待遇扱いにしてやるからさぁ。喜べや。出世できんだぜ。軍隊でいえば中尉に昇進だ。悪い話じゃねーし、やってくれんだろ。自分だってさ。このまま、待遇が悪いままじゃ嫌だろ？　なぁ」とウミノ。

　卓也は自分が選ばれたと聞き、悪い気はしなかった。人間の悲しい性なのかと思う。誰でも、他人《ひと》より優れていると評価されることは、満更でもない気分になる。得意気なドヤ顔で、勿体振った顔つきで答えてみた。

「ウミノさん。僕にやってほしいんですか。うーん、どーしよーかなぁー。じゃあ、別にやってもいいっすよ」

「あざーす。だしょ。だしょ。じゃあ、任せたぜっ!!　さっそくボスに連絡して報告しとくからさ。明日からガンバなっ!!　よろぴく!!　ガンバッてちょ!!　ついでんタッ君さ。明日の夜、ボスがいるアジトに立ち寄ってくれねぇ。ボスが会って、二人だけで話したいことがあるんだってさ。ボスの連絡先、携帯番号メモったメモ書き、渡しとくぜ。出先から帰るとき、この番号に連絡してみて。そしたら、ボスの護衛のヤツラが、車で迎えに来てくれるからさ。アジトまで、超シークレットに送迎してくれると思う。おい、頼んだぜ」

卓也は、メモ書きを受け取った。ウミノは、そのまま立ち去っていった。

翌日、卓也は、西新宿の某銀行ＡＴＭ前に佇んでいた。ウミノがあれほど、超ＶＩＰな特別待遇にすると約束した、マル秘任務の内容は、振り込め詐欺でいえば、所謂ダシコと呼ばれる仕事だった。現金受け取り役をすることが、主な業務だ。つまりだ。ネット通販でお客が支払った代金が、全国各地から送金され、銀行口座に振り込みされてくる。組織の利益になるため、集められた多額の金。一日一回。毎日夕方になると、それらを銀行のＡＴＭから、引き出して回収してくる。特別なマル秘任務とは、たったそれだけの作業だった。

（ウミノの奴、ちゃっかりしてるよな。何がタッ君、大事なマル秘任務だから頑張ってちょ!!　だよっ!!　俺は、ただの下っ端の使い走りじゃん。そんでもってこれってさ、どうせ全部違法性が高い、ヤバイ金なんだろうな。ウミノに騙されただけじゃん……。俺は頼まれて、金を引き出しに来てやってるだけじゃんか。やべー。これって、やっぱマジでさ。多分、俺も犯罪に加担してることになんのか）

テレビのニュースでよくみかける、ＡＴＭの防犯カメラに映っている人物が、金を引き出している映像が、公開された後、警察に逮捕されていたりする。自分がしているこの行為も、立派な犯罪になるのかもしれない。

卓也は、自分も同じ轍を踏むんじゃないか、とても心配になってきた。右手に握った黒い鞄には、ＡＴＭから引き出したばかりの、巨額の金銭が、ズッシリ詰めこまれていた。

動揺しながらも、卓也は歩き始めた。次第に夕闇が迫ってくる。通常なら、静かな夜の静寂とは対象的に、眠らぬ西新宿。超高層ビルが立ち並ぶ西新宿は、夜でもずっとキラキラ光っている。二十四時間眠らない都市《まち》。世界有数のメガシティ。大都会東京の空に光り輝く、超高層ビル群の屋上で煌めきながら、きらやかに都市を彩り、深紅に明滅する安全灯や、航空灯の灯。一際明るい夜景の中でも、極めて明明とした鮮やかな赤い灯が、呼吸しているかのような、明滅を繰り返している。超高層ビル全体から伝わる、躍動感に満ち溢れる息遣いを感じさせた。巨大な超高層ビル群の、林立する名物風景が、西新宿のシンボルでもある。

「二十四時間、生きてる都市《まち》……。都市《まち》が生きてるんだ」

目映い光に照らしだされた、大都会の華やかさ。それを彩る、きらびやかなネオンサインをみつめたまま、卓也が囁いた。ビルの壁面や屋上で、めまぐるしく情報を映し出す、電子看板。SF映画さながら、近未来都市を彷彿させる、繁華街や歓楽街。視線を誘ったのは、ネットワークに接続された巨大なディスプレイが設置され、企業ロゴや広告、ニュース。タイムリーに情報が伝えられるデジタルサイネージ。美しくアーティスティックな色彩画面。人工光が氾濫。光の輝度が切り替わるデジタル空間。その一部に溶け込む、時報を知らせる映像装置は、刻々と変化をしながら、過ぎゆく時を刻む。視覚的で、ビジュアルな都市風景。時間《とき》は止まらない。際限なく、続く。古いものが淘汰され、なくなっていく反面、斬新なアイディアとお洒落で、奇抜な新しいものばかりが、すぐに再生されてゆく。デジタル化された景観のなか、通行人が行き交う交差点。雑踏の中を、泳いで渡っていく人々は、映画のワンシーンみたいだ。人混みを掻き分けて歩いてゆく。道路が交差する交差点は、よく人生に喩えられる。右を選択すればいいのか、左を選択したらいいのか、選んだ道により、人生が決まっていく。

劇的な人生の分岐点。運命の別れ道。自分は、何処で人生を間違えてしまったのか。よくわからない。卓也は煩悶した。悪道に逸れ、浮世の荒波に揉まれ、気がついたら、とんでもない場所まで、いつの間にやら、連れてこられていたというのが本音の部分だ……。絶望に陥る以外、何もない。本当の自分さえ、見失っている気がする。すべては必然。どう踠いても、犯罪者にまで落ちぶれてしまった。自分の転落人生は混迷を極め、自身の人生に希望なんか持てやしない。先に続くのは、耐え難い、苦痛な人生。そう愚痴って、しょんぼりするだけの、宿命論者のごとく、運命は最初から決まってるから、仕方ないじゃんと諦めるしかない。常に人間というものは、絶望に追いこまれるものだから、いつも人間は絶望しているらしい。卓也自身、自分の前途を悲観した、絶望という言葉しか思い浮かばなかった。卓也の虚ろな横顔。暗がりのトンネルの中を、彷徨い歩いている感じがした。華やかなキラキラ輝く、ネオンの下には、孤独ばかりが輝いている。

（俺の人生ってさ、精一杯輝いて生きてるって言えないっしょ。エネルギー充満してさ。この都会《まち》の夜景みたいに、キラキラ輝いて生きてるって言えるのかな。生命の限り生き尽くしたら、コロッと死ねるとか言うけどさ、わかんねーけど、俺は全々生きられてねぇし、生命燃焼したら、もっと輝けるのかな？）

卓也は夜空を見上げた。大都会の空に、星はみえない。明るすぎる都会の夜は、美しい星空を奪ってしまう。恍惚としたネオンで薄汚れた都会の夜空は、一番星どころか、ダイヤのように煌めく、星ひとつみつけられない、鈍色《にびいろ》に光り輝く、満月がみえるだけ。希望を信じられる可能性さえあれば、人間は生きていくことができるのに。満天の星空は、都会《ここ》にはみえない。燦然と光り煌めく、幾千と輝く星々。燦々と光を放つ、何億光年離れた星々の中から、たった一つの星をみつけだすように、愛を語り合える、運命の恋人がみつけられたら、それは奇蹟だ。自分の人生も、きっと劇的に変えられるのかもしれないケド。世界中に人はたくさんいるけど、その中から、かけがえがない、たった一人の誰か、愛する人。最愛の誰《ヒト》かを探し出せたら……。マミみたいな嘘つきの恋人じゃない。真実の恋人がほしいなぁと、卓也は夜空に願う。祈りにも似た気持ち。束の間の夢。でも、それは叶えられぬ願い。そんなことは、悲しいほどわかりきっていると嘆き、理想と現実のはざまで、悲観に顔を曇らす。諦め顔をした。卓也の瞳に、赤い糸はみえなかった。

駅の構内を歩いていると、あるポスターが、ふっと目に留まった。そして、立ち止まった。旅行会社のポスターには、エジプト観光名所として有名な、アブシンベル神殿が掲載されていた。グラフィックデザインされた広告ポスターには、血のように真っ赤に染まる朝日が、ナセル湖から怪しげに立ち昇り、巨大神殿を照らし出す。崖を切り出した、巨大な神殿に聳えた四体の巨像。ラメセス二世により、建設された岩窟神殿は、およそ三千三百年以上も昔に造られたもの。ラメセス二世は、最も優れた王だとして、自らの権力を示した。

偉大な王の権力を示す、神々の像は、圧倒する迫力と威圧感で訪れる人を待つ。巨大な建造物と彫刻は、突き刺すような力強さ。

まるで巨大な像の足で、踏み潰されてしまいそうだ。うちなる輝きを放つ、神々の世界を感じさせる、深い思いが込められた、アブシンベル神殿のポスター。それが何枚も、駅構内の壁に貼り付けられていた。ポスターには、古代の神秘。きらびやかな、ツタンカーメンの王金マスク。王座や副葬品など、エジプト王家の至宝も、映し出され、一緒に印刷されていた。威厳がある顔立ちをした、神聖な巨像の姿。虚空を睨む巨像の視線が、卓也の視線と重なった。卓也はたまらなくなった。

そして眼前に迫る、神々の姿が映ったポスター。その場所から逃げ出してしまった。罪深い自分自身を責め呵むように、神々にみつめられている気がしたからだ。自分は罪深き人間。報いを受けるべき存在だ。悪しき者に、神は鉄槌を下す。滅びの子である人類。その悪しき魂を、怒りの剣により、打ち砕くため、罪の呵責から逃れるため、卓也は必死に走り出した。無我夢中で走り続けた。理由は明白だ。子供の頃に体験した、あの大怪我。トラウマを思い出したからだ。自分のなかに、存在している良心。善の心である、心の中に住んでいる神様。胸のうちに宿る、その象徴として、信じるところとなる根拠。心の拠り所。

これがポスターを目撃した瞬間、抽象概念ではあるけれど、顕在化された結果だ。再卓也の心の中に存在しているであろう、〝天罰〟に対する、恐怖の記憶が蘇った。再び、自分に罰を与えるかもしれない。そんな神々のまえから、自身の姿を消し去りたかった。悪業の報いを受け、自分自身に、天罰が下る姿を思い描くだけで恐怖に苛まれる。卓也の脳裡に浮かぶのは、骨まで枯れた自身の体。これがバラバラに打ち砕かれ、地獄に突き落とされるイメージだ。そんな妄想が、次から次へとわいてくる。凄まじい恐ろしさに身が震えてしまう。しばらくして走るのをやめた。呼吸が苦しい。息切れがする。卓也はズボンのポケットから、昨夜、ウミノに渡された、メモ紙を取り出した。その後、記されている連絡先へ、携帯電話をかけてみた。

やがて、黒塗りの高級車が一台。卓也を迎えにやって来て、車に乗せられ、向かった先は、高層ビルやタワーマンションが立ち並ぶ、都内某所エリア。ひときわ高く、幾つもの超高層なビルがそそり立つ。案内をされたのは、その最高層の一室だった。室内の窓から見渡すことができたのは、人工照明で埋め尽くされた、イルミネーションが光の洪水になって満ち溢れていた、その場の景色。宝石をちりばめたように輝く街一帯の夕景が、一面に眺望できた。トワイライトの中、さまざまな光が織り成す、無数の色合いが、光の海を生み出している。息を呑む美しさだった。変幻自在、多種多様な光を帯びた光源の発光体が、遠方まで、散蒔かれたように輝いていた。それがアングルの違いにより、クルクル色彩を変化させ、七色の虹色に変わっていく。粉々に砕け散った光の欠片が、薄暗い海に浮かぶ、仄かな漁火のように灯火され、幾程の柔らかな光が、優しく、地上をぼんやり照らし出している。魅惑的で、幻想的な情景を目にした。卓也は百色眼鏡と呼ばれる、万華鏡を覗きこんだときと同じような、目の錯覚を覚えた。色彩のマジックに捉えられてしまったかのように、不思議なフィーリングだ。そのうち、薄明るい夜空に呼応して、高く聳える巨大なシルエットが目に留まった。

天を突き抜けるほど高く、その姿を誇るのは世界一の電波塔。突出した、そのダイナミックな出立ちは、まさしく神の塔と呼ばれるに相応しかった。ビューポイントである〈大都会のシンボル〉として君臨をしている。神の塔の頂き。最新の建設技術を駆使して建造され、洗練された、スリムでスマートなシルエット。荘厳で、偉大な存在感を醸し出していた。遥か、遠くにみえる風景には、首都高速や、大都会の美しく、サブカルチャー的でクールな、素晴らしい眺望が一望できた。夕暮れの絶景には、富士山まで競演。富士山と比べても、巨大タワーのスケール感は、他とはケタ違いだった。

すると、突然扉が開いた。閉ざされた扉の向こう側から現れたのは、とても意外な人物であった。ウミノから、会社を牛耳る黒幕がいることは、なんとなくだが教えられていた。噂では聞いたことがあったけれども、謎だらけだったボスの存在。その正体は、なんとあのルシファーだった。ルシファーは、自分が現在進行形で推し進めている、秘密裏に準備がされつつある、ある計画を、卓也に持ち掛けてきた。（ニュー・アトランティス計画）という名の極秘・秘密プロジェクトだ。現実味がない、無謀にしか思えないような世界征服の企みを、陰で画策していることを激白した。その計画を実行すべく、殺人の動向部隊。特殊部隊を編成することが決まり、その部隊を執り仕切るための、チームリーダーになってほしいと、卓也の意向を打診してきた。説明によれば、ルネサンス以降、新しい思想である近代哲学の創始者。先に列挙したイギリスの哲学者フランシス・ベーコン。十六世紀、彼は科学技術の発達により、実現されるべき、幸福な理想社会を展望していた。ルシファーは、ベーコンが「知」による、理想社会を思い描き、造り上げようとしたことに対し「悪」で世界を展望し、悪の王国（悪による理想社会）を実現させようとしているようだった。例によって例の如し。――当時としては、画期的だった発想。「知」を利用することを目指し、自然科学、技術開発によって、世の中を変えていこうと考えた。ベーコンは「知は力なり」と考え、知を獲得することで、人間は自然さえ、コントロールできるとアプローチした。自然科学と、そこから応用される技術開発。それによって、もたらされるメリット。それが、人間に住み良い環境を与えてくれるというのが、ベーコンのモットーであった。科学が人類を進歩させ、大革新になると主張した。時代は中世において、知識の目的であった魂の救済から、キリスト教が描く、世界像が正しいのか。わからなくなった人々のなか「懐疑論」が流行した。その当時、そんな混沌とした社会で、人々を救ったのが、ベーコンの哲学であった。

ルシファーにいわせると、この二十一世紀は暴力的な時代。ファシズムを奉ずるファシストによって、悪が蔓る。悪が連鎖する。悪の力が横行し、悪がのさばる。抱えこんだ悪が、事象として現れ、世界を脅かしつつあるのが、現在《いま》なのだという。殺戮・テロ・民族対立・貧困や飢餓・暴力の応酬による、報復・軍事的緊張・内戦や紛争が混乱を招き、破滅を迎えようとしている。いまほど、人間の意識が問われている時代はないのだという。

もの凄いスピードで進んできた文明が、岐路に立っている状態だ。天地動乱の時代。世界中で、さまざまな反照が噴出するなか、大きな転機を迎えている。曲がり角に来ているのが、現在なのだそうだ。豊かな暮らし、経済力、進歩、科学技術力、軍事力。今後、どういう未来を目指していくのか。文明の力《リキ》が〝悪〟に傾斜し、傾きつつあることが懸念されるなか、ルシファーは、この幕開けを〝新時代〟の到来だと息巻く。豊かさを享受してきた時代から、科学技術の加速度が増すことで、人々のモラルが追いついてゆかない。インモラルの台頭。弱肉強食世界観のグローバル現象が引き起こす、グローバル化が、凄まじい勢いで、世界を蝕み始めている。グローバル化は、つまり世界の多様性を意味するもの。反照が噴出し、こちらも、大きな転機に直面している。グローバリゼーションの恩恵を受けるのは、多国籍企業や投資家のみだ。豊かで、便利な暮らしを追求すれば、その代償として、一方で何かを失う。その何かとは、ヒューマニズム（人道主義）の破壊であり、情け容赦ない成果主義。成果主義を採り入れられる動きが、吹き荒れる世の中じゃ、競争重視。利益追求。リストラの嵐が吹き荒れている。

企業ならば峻烈な戦いを競い、鎬を削ることが求められ、完全無欠な成果が期待される。挙げ句の果てには、急速に統合・合併が進められていく。モンスター企業が、零細企業を、次々と買収して飲みこむ社会。血も涙もなく、統合・合併の殺し合いが繰り返される。強いものが、さらに強く。弱いものが、さらに弱く。世界規模で、富める者は、より富み。貧しい者は窮する。貧富の差の拡大。それは国家、個人問わず、金持ちや権力者が、貧乏人を支配する社会構造。権力を掌握する強者が、力なき弱者を屈服させる。弱者が強者のために働くことが、世の習わし。殺伐とした弱肉強食の世界観が拡大され、無慈悲で暴力的、且つ、冷酷・悲情な、人間性を失ってしまった利己的な現代人たちを、増大させ、生み出しているというのである。そんな現代社会に大喜びな悪魔たちは、弱肉強食な競争社会に拍手喝采。馬鹿で愚かな人間たちが、仲間同士で殺し合い、害し合い、傷つけ合うように後押しする。激しく憎しみ合い、共喰いの末、惨憺たる結果に、人間の世界を変貌させる。その手助けというか、先導することを目的にした〝悪のプロジェクト〟。悪の伝導者。悪の下僕となるべく、選ばれし者。その選ばれた人間のみが、この壮大な計画に参加することが許されるというのだ。

それを聞いた卓也は、戸惑いを覚えた。いまでさえ殺人工場で働かされ、犯罪の片棒を担がされているというのに、そんな自分が、何故殺人部隊のリーダーを引き受けなくてはならないのか。疑問だった。いくらルシファーが自分を選ばれた人間だと認め、手腕を買ってくれたのだとしても、素直に「はい。そうですか」とは喜べない。真っ平御免だった。

「えっーーっっ!!　無理。マジ無理。これ以上、悪いことさせられるのは、マジ勘弁っすよぉ。ボスがルシファーさんだったなんて、まったく知らなかったけど、いくら昔馴染のルシファーさんからの頼みでも、できませんよぉ。っていうか、すげぇ、不安なんです。やっぱ、人殺しとか、そんなことマジで嫌なんすよ。ウミノさんからも、ＶＩＰ扱いにしてくれるとか聞いてますけど、僕の良心が許してくれないんすよ。こんなことしてちゃ、駄目だって。俺の心の中にいる、神様が反対するんですよ。悪事を働くなら、その報いを受ける覚悟があるのかって、神様の声が、心に響くんすよ。禍いの原因をつくるお前に、天罰を与えてやるぞみたいな……。だから俺、もう嫌なんすよ。悪いことするのとか。だったら、とにかく選ばれし人間だとか、なりたくないっすよぉ」

卓也は、悲痛な面持ちで声を上げた。抑えつけてきた感情が、吹き出した。自分は、もう誰にも利用されたくないから、仲間を辞めたいと申し出た。

その瞬間、突然ウミノが室内に乱入し、押し入ってきた。ウミノは、卓也が着ていたシャツの襟首を掴み上げ、大声で罵倒した。

「おいっやっべぇぞ!! タッ君。おめぇーなんか、勘違いしてんぞ。ルシファーさんはな、てめぇとは、格が違うんだぜ。コラッ、人間にはなっ。二通りしかねーんだよ。支配する人間と、支配される人間。裁く者と裁かれる者だ。これしかねーんだよ。選ばれし人間つーのは、ルシファーさんや、俺っちみたいな超セレブランクの人間。グレードが高い等級の人間なんだぜ。自慢じゃねーけど、俺様の一族も、超ハイパーセレブ。家柄も学歴も、文句無し。こうみえてもなぁ、俺っちも身分の高い、良家のお坊っちゃんよ。こうして俺ら三人が、同じ部屋の中にいても、俺ら二人とおめぇとじゃ、生きてるレベルが違うんだよ。目にみえない境界線が、ハッキリ線引きされてんだぜ。親父は億万長者の投資家だ!!　俺ら勝ち組は、マジ楽ちんな人生よ。負け組のおめえらとは別ものなんだよ。どんだけヘボイ、ショボイ奴らでも、親の七光りで、おれら勝ち組は将来が保障されてんだ。どうだ？　不公平だろ？　羨ましいべ。この世に神様なんかいねぇのが、わかんだろ？　もし、神様がいるなら、同じ人間に生まれたのに、どうしてこんなに差ができんだよ？　無慈悲な仕打ちをすんだよ？　人間は平等なんかじゃねぇよ。生まれ落ちた場所、これで人の一生が、すべて決まっちまうんだよ。世知辛い世の中、現代社会が証明してんだろ？　誰かを犠牲にして、築き上げられる、悲痛な社会がよ。弱者はくたばっちまえ。力がない者。貧弱な者たちは、スタートラインから蹴落とされて、踏み躙られても当然なんよ。弱肉強食の世界が意味するもの。世界は、強者のためにある。でもよ。なんの苦労もなく、ただ生きてるつーのもマジ疲れんだわ。んなとき、たまたま魔術部屋のネット仲間だった、俺っちが大尊敬する、ルシファーさんに〝ニューアトランティス計画〟の構想話を教えてもらったわけだ。そんとき俺っちは、自分こそ、選ばれし人間だってことを痛感したぜ。聞けよ。選ばれた人間つーのは、俺らみたいな人間であって、絶対おめぇなわけねぇだろ。生まれたときから、貧乏神につきまとわれてるおめぇとじゃ、天と地の差だよ。上層階級と下層階級。この身分の差は、一生かかっても追いつけねぇ。絶対的な距離なんだぜ。ってか、そもそも論で、スタートラインが違うんだからな。貴様みてぇな虫ケラみてーな人間は、下層階級のご身分が、一生固定されて、ずっと生きていくことが決まってんだよ。ルシファーさんはな。支配者の立場から、命令してくださっただけなんだよ。命令に従う、奴隷の立場のおめぇにな。昨日の夜。俺っちは、俺らと同じ、VIP扱いにしてやるって言っただけだ。あくまで、扱いなんだよ。一緒にするなよな。俺らは勝ち組。負け組のおめえと仲間になれるわきゃねーだろうが。図に乗るなよなぁ!!　自分を弁《わきま》えろよ」

「それって嘘ですよ。なんで、貧乏人だと奴隷にならなくちゃいけないんすかっ？　お化けや幽霊。地震、雷。不慮の災難よりも、もっと危険だし、恐ろしいことって何だと思いますかぁ？　一番怖いのは、ウミノさんたちみたいな考え方してる人たち。人間かもしれませんしね!!　人間は、皆同じ。平等っすよ。生命も時間の流れも、すべて天から、平等に分け隔てなく与えられた、生まれながらに持っている、権利ですよ。人権。なら、ウミノさんに聞きますけど、暴力的な時代、新時代の到来って何すか？　歴史は現在進行形で続き、時間が流れていくことを継続させているだけです。普通に考えれば、時間は時の長さという過去から現在、未来に向かって進んでゆく、単純で深遠な概念であり、一直線上に流れている直線的な時間の流れを、捩じ曲げることも、留めておくことも、誰もできない。だから新しい時代も、特に何もありませんよ。確かに、現代は文明を進めていく途中で、哲学が必要な時代に入っていると思いますケド。あの～、ウミノさんたちの考え方は、時代錯誤なんすよ。いまは、暴力を諌める時代になってるんです。暴力に立ち向かう時代。文明の衝突、宗教戦争のような時代にさせないために、声を上げるとき。つーか一部の人々が、暴力こそが首魁的な因果を作りだしていることに、気づき始めているんすよ。多くの人々が、命ほど大切に思うものはないと、ようやくわかりだした。生まれてこなければ良かったと、答える人はたまにいますけどね。そんな場合、生きがいを見失ってるだけなんですよ。そういう人たちは、決まって神様なんかいないだとか、ホント口にしますけどね。神様はいますよ。心の中に。幸福の青い鳥を探し求めた、チルチル、ミチルみたいに。生きがいを探し求め、冒険のような人生をワンダフルに、旅することが人生。ワクワク感を持って生きていくことが、生きる目的になるってか。生きていく、喜びになるんすよっ。苦労がない人生には、幸福や喜びもありませんからね。苦労を味わなけりゃ、幸福はつかめない。涙のパンの味は、涙を流しながら食べた、その味わった味。それを知っている者にしか、わからないんですよ。文豪ゲーテも、そう言葉を残していますしね。例の自殺少女。彼女だって、死んだとは言えないんですよ。自殺少女はね。旅へ出た。幸福の青い鳥を探すための、長い旅へ。たった一人きりで、出発しただけなんすよ。冒険をするために、旅立ちを迎えた。旅路は、まだ途中。俺らとは違う世界へ、時間《とき》を止めたいと夢みた、一人の少女の儚い願いが、顕在化された結果なんすよ。多分少女は、見果てぬ夢の世界へ、時間《とき》を閉じこめたかったんでしょうね。時間を封じこめるつーか……。過ぎゆく時間を止めるには、日常的な空間とは、異なる次元。異なる世界へ、旅立つしかなかったんですね。きっとそうっす。今頃はあちらの世界で、にこやかな満面の笑顔で、にんまり微笑んでいるかもしれませんけど。少なくとも、時間《とき》を止めたいと願った、彼女の夢は叶ったんですからね。貧乏人が金持ちに服従して、従わなけりゃいけないだなんて、おかしいですよ。そんなこと、誰が勝手に決めたんですか。ウミノさんたちが、勝手に決めつけてるだけじゃないですか。その証拠に、それが本当に正しいことなのか。ハッキリ証明することなんか、誰もできてないじゃないすかっ。さっき世界には、二種類の人間しかいないとか言ってましたけど、俺に言わせれば、答えは一種類だけ「答えはひとつだけじゃないから、答えられない」これが答えです。例えばですよ。この世には二種類。この世界を、ウミノさんたちが言うように二種類に分けられると考える人間と、そうではないと考える人間に分けられる。こんな主旨の文句で決めつけられるのか。「難しいテーマだから、わからない」と答える人がいるかもしんないし、「答えたくない」みたいな答えもあるでしょう。哲学と同じです。知って考えることが哲学なんすよ。言語や理性が、哲学の手立てになるんです。探求すること。つまりだ、多種多様な事柄や答えがあっていいんです。人の思考や思想、イデオロギーは矛盾だらけ。だから世の中も、矛盾がいっぱい。縛りをかけるのは不可能。不可視なこと。優勝劣敗の競争社会。貧乏な家に生まれ育っても、億万長者になる人は大勢いますよ。ウミノさんの言い分聞いてたら、世界中で成金になってる人たちは、どうしたらいいんすか？　宝くじが当たる場合もありますモン。だって、考えてみて下さいよ。逆境にもめげずに働くことで、根性で大金持ちになれちゃう場合も、あるじゃないすか!!　鋼の精神力で、負けるモンか!!　って負けない心があれば、困難に立ち向かっていけるんじゃないすかっ!!　一寸の虫にも五分の魂っていいますもん。ちっこくて、か弱い奴にも、意地がある。どんなに情けない奴にも、それなりにプライドがあるんすよ。いまにみてろよ。俺みたいな奴でも、未来があるぞみたいな。日々の暮らしの中で、自暴自棄になったり、生きることが嫌になったり、絶望することもありますケド。さんざん苦悩したら、あるとき急に気付くんですよ。生きがいをみつけたら、また頑張れるんじゃないかとかね。今の自分みたいに、そんな思いが湧き上がってくるんすよ。自分が傷つくから、もっと強い自分になれるんだって。心が、また元気になれる。っていうか、気持ちのモチベーションが、回復するんすよ。自分が体験してるから、すげぇーよくわかるんですケド。そりゃいまが、平和利用のために開発されているはずの宇宙技術や科学が、軍事目的に使われ始めたり、不穏な空気が漂う時代になってきていることは、本当ですよ。レーガンの時代、スターウォーズ計画が進められ、戦略防衛構想（米ソ冷戦時代。レーザー兵器で、核ミサイルや核弾頭を迎撃する）防衛システムの開発がおこなわれた。（ＳＦ的な大規模の軍事計画）これが進行したことで、地球規模での宇宙開発。それをきっかけに進展した、宇宙への挑戦を始めた人類。将来的には、火星に土地を買う人もいるんじゃないかとか、話題にもされた火星宇宙船。オリオンの打ち上げもそうですよ。宇宙ビジネスに参入できる、キャパシティーが増加傾向にある。手付かずだった、誰のものでもなかった宇宙。科学のフロンティアをめぐって、ＳＦを実現する宇宙開発が、世界の大国によって競われ、激化しているこのご時世。内戦や紛争といった小競り合いから、世界的に大きな戦争が勃発するかもしれない懸念もあることは事実だ。誘導ミサイルや無人攻撃といった、大戦争へと突き進むかもしれない。とても危険な可能性があり、きな臭い時代が危ぶまれる。でも、忘れちゃいけないことは、平和を呼びかけ、共鳴共闘する人たちが、いてくれる存在です。どんなときでも、人間を愛してくれる人たち。平和の尊さを訴えてくれる人々が、必ず何処かにいてくれるものなんです。悪の種が蔓延っても、それを阻止しようと抵抗する、善の種が芽吹く。この地球上の大地に、善の種が芽生えて、育まれるんすよ。いつの世にも、勧善懲悪の世界があるからこそ、人類や地球が滅び去ることはない。均衡《バランス》が保たれる。仮に、心の中に悪が存在するにしろ、悪の心と一緒に、善の心を持ち合わせているのが人間なんすよ。二項対立。人間はつねに両面。二つの心と顔を持ち合わせているんすよ。二面性がある、その特性。ウミノさんたちにだって、絶対に良心はあるはずですよ。この動乱の中、国際情勢は、かなりシビアになってきていますし、危機的な局面を迎えてきてますけど、人類は、そこまで愚か者じゃない。争いを封じこめようとする「絶対平和主義」を唱える、善良な人たちがいなくなることはないんです。偽善者だと罵られようが、奇麗ごとばっか言うなよとか、怒られますケドね。マジでこれからの時代は、暴力を戒める時代になってくんだと思う。平和な世界を取り戻したいと、みんなが願えば、人間の意識は変えられるものなんですよ。ゴルゴダの丘で、人々を救うために、十字架にかけられた、キリストの愛。ユダの裏切りにより捕らえられ、囚われの身となり、死刑を宣告されたイエスの受難。人間の原罪を一身に背負い、磔刑に処せられ、人間の原罪を贖《あがな》うために、キリストは、十字架の苦痛を受け入れたんすよ。本で読んだだけだから、あんまり知識はないんだけど、つまり、キリストは、「神への愛」を説くと同時に、「自分を愛するように、あなたの隣人を愛しなさい」って、教えを説いた。厳格な律法主義を特色としたユダヤ教の神が、人間に罰を与える神に対して、キリスト教は愛を特徴とする、愛の宗教。イエスの生涯は、神の教えや、弟子達への布教のため、愛と身を捧げた生涯。イエスは神の愛を教え、神の言葉を伝達するために、人間の形をとった神だとされてます。イエスは「神の加護は、信仰心の篤い人、すべてにある」としたんすよ。

人を愛すること。他人の罪過を咎めない。寛容な精神で、心が愛に満たされた、清らかな心の持ち主。そんないい人たちだって、まだまだ世界中には、大勢いるんじゃないすか？」

「バーカ。生命は平等なんかじゃねぇよ。だったらどうして、劣悪な環境で、生命を奪われていく子供達《ガキ》が、世界中には大勢いるんだよ？　いまこうして、俺らが駄弁ってる間にも、貧困国に生まれた子供《ガキ》どもが、過酷な生活を強いられることで、風土病や、栄養失調、飢饉や紛争による犠牲とかで、バタバタ死んでいくんだぜ。いまこの瞬間も、辺境の村や紛争地、貧しさの中で、最も弱い子供《ガキ》の命が、今日も奪われていくんだよ。子供だけじゃねぇ。死と隣り合わせで暮らす連中が、世界中には山ほどいるんだ。命が危険に晒されてるそいつらにゃ、時間がねぇんだ。食いモンも水もねぇ。安全も、病院もねぇ。頻発する紛争下で、命を脅かされてる子供たちは、孤児や難民になるしかねぇんだ。それか死ぬかだ。死ぬためだけに生まれてくるなんて、あり得ねーだろう。あいつらは、死ぬためだけに生きてるんだよ。辺境の地の貧困国では、子供が誘拐され、臓器売買、売春。卑劣な行為によって、人身売買に利用される。降りそそぐ、陽の光も、時間の流れも、平等なんかじゃねぇんだよ。だって、そうだろ？　もし、すべてが平等なら、少数の奴らに、富と権力が集中して、大金持ちが、自分本位に浪費しまくってる一方、不潔で荒廃したスラム街に住むことを、余儀なくされる連中もいるんだぜ。不公平だろ。ドブ水飲んで、電気もねぇ。治安が悪い掃溜めみてぇな場所に、一纏めで、貧困層が追いやられてるんだぜ。生きるために、必要最低限な必要なものさえ、手に入れられないまま、命が失われていくんだよ。追い討ちをかけるように、苦境の中、ボロ布みてぇに死んでいくんだぜ。腹をすかせてな。資本主義という、怪物に支配されてる世界。凄まじい、グローバル現象の化け物が、持てる者と、持たざる者の格差を生み出しちまってんだよ。恐ろしく正義に反する、新しい植民地支配を生み出しちまった。王様みてぇな金持ちと、溝鼠みてぇな連中との、貧富の格差を考えたら、生命が平等なんかじゃねぇって、マジで、その現実がみえてくんだよ。言っとくけどなぁ。人間には良心なんかねぇよ。弱肉強食の世界じゃ、より強い者が、ピラミッド型の生態系の頂点に立つ。現代は、人間が頂点に立っている。他に天敵がいなけりゃ、増え続けちまうだろ。だから、抑制させるため、一定の周期で戦争やって殺し合うんだ。人間が一番強い。最強は人間だ。地球上にゃ、人口が七十億人いる。そのなかで人生のサバイバルゲームが横行して、強者の座に君臨した人間たちが、自分たちのハッピーな人生を謳歌するために、正義の名を借りて、論点を掏り替えた戦争を、おっ始《ぱじ》めようとしているわけだ。素晴らしい科学技術の発展により、ついに人間は神の領域まで踏みこんじまった。道徳哲学である倫理や人道に背く行為なんか、バンバン介入しまくってるしさ。世界中には、悪事に纏わる陰謀が渦巻いてる。軍事産業が盛んな国じゃ、実際に急ピッチで軍事製品の研究や、開発が進められてんだ。ヒューマノイドロボット知ってんだろ？　軍事用ロボットのことなんだが、神話に見出される、ゴーレムやタロースみてぇな「人工兵士」の開発だ。ロボット軍隊まであるんだぜ。欧米の秘密組織が意図的に関与してる、死の商人。こいつらが、世界中を大戦争へと引き摺り込もうと目論んでんだよ!!　陰で画策して、私利私欲のために、ボロ儲けしようと企ててんだ。世界征服しようと考えてやがる。ここだけの話。驚くなよ。ルシファーさんは、その秘密組織のメンバーのお一人なんだぜ。俺らが完遂しようとしている〝ニューアトランティス計画〟は、裏に隠された軍事ビジネスの一端なんだよ。いま起こっている、国際社会のパワーバランスの変化。世界情勢の変動は、すべて仕組まれたもの。欧米の秘密組織が企む、戦争による、地球人口削減計画。戦争によって、世界人口を減らす、壮大な計画だ。これ以上人口が増えると、自然や環境破壊が進み、支配者である自分たちでは、地球を管理することができなくなるからな。戦争っていうのは建前で、いらないものは根刮ぎ、排除して、取り除くための口実でしかねぇ。世界を暴力による脅威と恐怖で攪乱させ、画策された筋書《シナリオ》通りに、実行計画は着々と進み、進行している。俺らの背後にいる〝雇い主〟は、大国の大統領さえ、陰で操る、莫大な権力を握った資本主義の怪物。自由競争による、弱肉強食の世界を激化させる、経済至上主義者だ。つーか、悪の権現もまっ青。金にもの言わせ、弱い者を叩きのめして踏み潰す。悪魔のなかの悪魔。魔王みてぇなお方だぜ。世界で知らぬ者はいないほど、有名な大富豪の企業家でもあり、善良な慈善事業家でもある。しかしだ。冷酷冷徹非情な裏の顔は、闇市場を執り仕切る、極悪な悪魔の仮面をつけた、聖者ってトコだな。兜蟹いるだろ。兜蟹は青い血を流す。その青い貴重な血液は製薬にされるため、人類のために、有益に使われるものだ。すげぇ、重宝なもんだから、珍重されんだよ。捕獲され、青い血を抜き取られた後、生きたまま、再び海に戻されるんだ。こうすることで絶滅の危機から救われて、かろうじてやっと生き延び続けてるわけ。これを悪だと言い切れるのかよ。青い血を抜き取ることは、可哀想なこと。非人道的な行為。とっても悪い、悪業の、重い罪過に思えるか？　違う。そうじゃねぇ。人類の発展科学進歩のために、有益な研究と考えたら、どうしても必要なことなんじゃねぇか？　その生血によって薬品が精製され、たくさんの病気で苦しむ奴らの生命を、助けてやれるんだからな。青い血を取るために、兜蟹を取っ捕まえて、生血を絞り上げても、全々悪いことじゃねーんだよ。悪事を働くことになんねぇべ。人類のため、科学のため、誰かのために、結果的に有益になって、良いことになるなら、悪いこととしてもいいって理屈になんだよ。わかるか？　そう考えたら、誰かが殺されて死体になったとしてもだ。その死体が人体実験に使われたり、解剖されたりすれば、謎だらけで解明することが難しかった、人間の体のメカニズム。その真相をハッキリさせる研究に役立つこともあるだろうし、人類全体のために利益になるから、多少の犠牲には目をつぶる。つーか、見殺しにされる人間がいても、見ない振りしてりゃいいんだよ。みんなが知らんふりしてりゃ、自分に火の粉は降りかかってこねーわけだからな。他人なんかどうなってもいいんだからよ。自分たちさえ、よけりゃ。結果的に、誰かの幸福に役立てるなら、悪にはならねぇってこった。そいつが死んで、どんな馬鹿な野郎でも、世の中の役に立てりゃ、生まれてきた甲斐があるってモンだぜ。本望なんじゃねぇの。めぐりめぐって誰かのために、役立つことで、社会は成り立ってるわけだからな。良いことも悪いことも関係ねぇ。全部暗黙の了解なんだよ。慈善事業の裏で、人が殺されていくのを許してる世界は罪なのか？　進歩や発展、発達に必要なら、殺人も正当化できるんだぜ。大の虫を生かして小の虫を殺す――。小の虫を殺して大の虫を助けるとも言うけどな。あんまし重要じゃないモンは、切り捨てろってことだべ。全体を生かすためなら、ある一部分は犠牲になってもいいことなんだわ。ホラッ、窓の外を覗きこんでみろや。世界一高い電波塔。天にも届くほど、超高い塔がみえるべ。人間の高慢な野心への警告として、旧約聖書の創世紀にある伝説の塔。バベルの塔にそっくりやろ。タッ君も、聖書の中に登場する、バベルの塔の記述知ってんだろ?!　ノアの子孫らは、その昔。同じ言語を使い、意思を通じさせ、意思疎通を図っていた。ところが、大洪水ののち、人々の生活は、技術の進歩により、発展し、立派な町がつくり始められた。人々は砂漠に神に代わる、自分たちの礼拝のシンボルとするために、巨大な塔を建て、その頂きを天に轟かせようとした。自分たちの力を誇示し、神に挑戦しようとした。漆喰の代わりにアスファルトが使われ、石に代わってレンガが用いられた。天にも届かんばかりのその高さは、傲慢な人類の驕りを極める、神への挑発なのか。警鐘なのか。技術革新へ、進歩を目差す。高い塔の建設に、神は激怒。ガチンコ対決した、人間を許さなかった。神の意志に背き、悪知恵を持つようになった人類。神に対抗して、自分たちのため、巨大なバベルの塔を造ろうと、悪巧みを企らんだ人間たちは、神の逆鱗に触れた。神は建設を、中止させることにした。神は、人の子らの建てた都市と塔を打ち砕いた。人間の意思疎通を不可能にする裁きが、神によって下された。塔を崩壊させ、人間の野望を見事に打ち砕いた。そのとき神は、再びこのようなことが起こらないようにと、人々の言語をバラバラなものに変えてしまった。世界中の人々が、さまざまな言葉を使い、言語の多様性が、異なるものへと変えられ、お互いの言葉が聞き取れないようにされてしまった。神の怒りに、罰を与えられた人々は、塔の建設を断念して地の全面に散らされたってわけだ。いいか、人類が、天に聳えるくらい、巨大なタワーを完成させ、神にでもなったつもりでいるなら、完全に思い上がりだぜ。せいぜい気をつけるこった。悪魔主義者の俺らは、神なんか信じねーし、糞垂れだと思ってるけどよ。もし神とやらがいたとして、技術革新を猛烈な勢いで推し進める人類を、高い空の上から眺めてどう思う？　世界一の高さを誇る巨大な高い塔の建造をおこなったことは、人間の野心と己惚れが表されてることだぜ。人類史上、聖書によるバベル崩壊の記録。それが神によってもたらされた、人類への戒めの象徴なんだとすればどうだ。そいつを蔑ろとしていいのかよ。神を越え、神を侮る、高慢ちきな人類が犯した罪によって、再び天罰が与えられねーのかよ?!　愚かな人間自身が、打ち砕かれ、破滅したりしねぇのかよ?!　人間は神どころか、罪深い、汚れた存在なんだからよ。人間は神には逆らえねぇんだろ？　本当にいるかどうかは知らねぇけどな。眼下に見下ろす、蟻が蠢めくみてぇに立ち歩く、ちっぽけな人間の姿は、まるで豆粒みてぇな小さな人影にみえるだろ？　人間の暮らしが営まれる地上の道路の上には、ミニカーみてぇな、ミチニュアの自動車が動き回る。それが滑るように走り列なってるべ。建設中の超高層ビルには、幾つものクレーンが取りつけられて、浮かび上がってるのがわかるだろ。驕り高ぶった現代人がつくりだす、超高層ビル。次々に高々と聳え始めた、幾つもの巨大な塔の建設に着手していく様は、神に挑戦しろといわんばかりだな。空高く、天に伸びるように、続々と塔を建設してゆく。神を冒涜する現代人たちに、神は怒り心頭だろうぜ、なぁ」

ウミノは、得意気に高笑いした。挑戦的に、卓也を睨み付けた。卓也が答えた。

「あくまでもバベルの塔は、聖書の物語。人間の己惚れや、傲慢な態度に危機感を持つ神によって、罰を招いた混乱の結果だとされているだけの話です。いずれにしても、神を信じることなく、人間が愚行を重ねることを憂慮している表れなことは、明々白々の事実なんです。やっぱり、世界は変えられますよ。人の意識が変化すれば、暴力の応酬や残虐な犯罪である戦争や、争いを回避することができます。ルシファーさんたちが企んでいるみたいに、悪の王国には、絶対ならないと思いますよ。古代の哲学者たちは、幸福になるための知識として（知恵）を追い求めたんです。人類だけしか持ち合わせていない〝知恵〟という武器。人間が知識《グノーシス》を持ち続けている限り、大丈夫です。人間の賢さ（理性・知恵）こそ、人間の最大の特徴なんですから……。全部の人が暴力を支持、利他を顧みることがなく、自分さえよければいいと考える、自己愛のみ、我欲のみに走ってるわけじゃないですよ。とはいっても、平和を愛する絶対平和主義を掲げた思想を信奉する人々を、いっぱい増やすのは大変なことですケド。人類の理想を掲げることに、試練が待ち受けていたとしても、声を上げ続けなければならない。誹謗されても、偽りの偽善だと、弾圧や迫害を受けても、難局に立ち向かわないといけない。臆することなく、突き進むしかない。命懸けで、自分の信念を貫き通した人々は、過去から現在に至るまで、歴史上の人物にも大勢いますモン。決していなくならなかった。自分の命が奪われ、殉教したとしても、人を導く聖職者たちは、悪を打ち砕き、悪に服従することはなかった。正義を守るため、凶悪に立ち向かっていく強さが、本来人間には備わっているものなんですよ。フロイトがダーウィンの進化論に、影響を受けていることは、めちゃ知られてますけど。人間も動物も、本能的衝動に支配されている結論が、そこにあるとされます。でも、フロムはホモ・サピエンスの人間は、本能的に支配された動物とは、同じに論ずるべきではないと唱えました。人間は生まれながらに理性と愛によって、発達させられることができる。——そんな人間の可能性を、信じなければいけない。愛を説く、キリストの言葉を反芻するべき時なんすよ」と卓也は力説した。

するとルシファーが、卓也の側に近づいてきた。卓也の顔を覗きこんだ。

「卓也君。これだけは覚えておいて。世の中は、どうにもならない現象で、満ち溢れているものなんだ。どんなに悲しくて、辛いことでも、あるがままの事実を、受け入れなきゃならないことが腐るほどある。例え、胸が張り裂けるくらいに辛い現実。知りたくない真実でも、まのあたりにしなきゃいけないことがあるんだ。事実を知って、受け入れなきゃいけない時がある。どんなに苦しくてもね。生きていくってことは、悲しいほどシビアなんだよ。君はアフリカへ行ったことがあるかい？　僕は何度も行ったことがあるんだ。アフリカの小さな子供たちは、食べ物がちゃんと与えられないから、栄養不足のせいで、脳が育たない。だから体が小さくて、立って歩くことも、しゃべることもできない。そんな子供たちが、たくさんいるんだ。地面を這ってるだけの人生があるだなんて、日本じゃ考えられないだろ。脳に障害をおこしてしまった子供たちに、後から食べ物をあげても、治ることはない。可哀想に。残酷な光景のなかで、なす術を知らない。それが飢えというものなんだよ。アフリカの子供の飢えの状態について、日本じゃ、テレビや映画、本、写真集でもたくさんみてるから、一応知ってるつもりだろ？　僕たちは飢えがどんなものか、わかってるつもりだ。でも実際、アフリカへ行ってみれば、想像を絶する、飢えの恐ろしさ。子供たちを救いたいと願うのは、自由だ。けど、現実には何もしてやれない。目のまわりが真っ黒になるほど、どんなにハエに止まられても、栄養失調で弱った子供は、手で追い払うことすらもできない。じっとしているしかないんだよ。子供たちの涙や口のまわりについた栄養を、よこせとばかりに寄り集まってくる群がるハエ。子供たちの瞳に、いっぱいたまった涙さえ、吸いとろうと集まってくるなんて酷すぎるだろう。烈火の如く、厳しい生存競争の極みだ。情け容赦ない、泣く力さえない弱った子供は、無気力になったまま、無感情で、じっと黙って、バナナの葉っぱの下で死んでいくんだよ。生死無常の理。その訪れる死を、誰一人止めることができない。辛くて、悲しいけど、それが現実なんだ。ありのままの死を、受け入れることしかできない。僕らは、何もしてあげられなくて「ゴメンナサイ」と謝ることくらいしかできないんだよ。理想と現実のギャップを、どうすることもできないんだ。そんな時僕は悟ったんだ。それだったら、どうにもならない現実があることを認めたうえで、この子たちのために、何かしてあげられることをしようと、心の中に使命感が芽生えた。いっそのこと、生まれてこなければ、幸福なんだと思う。だからこそ、ニューアトランティス計画で、人口調節、管理してあげることが、一番なんだと気付いたからこそ、極秘プロジェクトの計画に参加してるんだよ。一見、悪事に思えることでも、善行をおこなうために必要なことがある。宗教や死生観を超えてしまうことなど、さまざまな議論をめぐって批判が集まったクローン遺伝子の問題もそうだ。倫理を踏みはずす、科学技術や医療の在り方が、ここ数十年間は慎重だったけれど、もう違う。人間の価値観で決めた安全に配慮するなら、進めていこうという考えに基づき、開発や研究が盛んに進められている。科学技術の加速度が増すなかで、究極の核兵器や科学兵器が研究され、生命の存続を脅かすような兵器が大量生産されている時代になってるんだよ。貧者の兵器と呼ばれる。サリンなどの科学兵器も、安価に安くできる時代になった。手にした力を使いたい、誇示したいのが人間なんだよ。曲がり角に来ている文明を正すためには、一度リセットするための、考える空間が必要なんだよ。卓也君が言うように、相反する二面性が、交差しているのが人間の姿だとしたら、天使と悪魔。美しさと醜悪な醜さ。サイコロジカル（心理的）に共有している部分を持っている本質がある以上、絶対的な正義や、純粋な正義や悪の判別がつかないんだと思う。この世には正義と悪が混在する」

「……偽善者なんですか。俺は……」

「仲間やめるっても無理だぞ。俺らを裏切ったら命はないと思え。地獄の果てまで、追いかけてやるからな。ルシファーさんが、こう言ってくださってるんだから、おめえには断る理由もなきゃ、断れる資格もねぇんだぜ。いいか。一日待ってやる。もし俺らの言う通りにしねぇなら、おめぇの血まみれの死体が床に転がることになるぜ。心臓病とか宣っていた、めんどっちい、あつしだとかいう奴みてぇになりたくねぇだろ。よーく考えてみろや。工場に戻ってろ」ウミノは、ルシファーと一緒に部屋を出た。

乗ってきたときと同じ、黒い高級車に送られて、卓也が工場に帰ってくるなり、佑太が心配そうな顔をして走り奇ってきた。

「タクちゃん、あんまり遅いから心配してたんだけど。ボスに会ったの？」

卓也は、さっきルシファーとウミノから聞いた話を祐太に話した。そして、一緒に逃げようと提案した。そこへ、スギモトさんとくにみつもやって来た。卓也は二人にも、さきほどの経緯を説明した。みんなで一緒に逃げようと提案する。卓也の話を聞いたくにみつが口を開いた。くにみつの返事は、意外な言葉だった。

「僕は逃げませんよ。せっかく動画サイトで人気がアップして、注目を浴びてるのに、どうしてここから出て行かなきゃならないんですか？　殺人工場でルポを続けます!!　やめられませんよ。肉を切らせて骨を断つ。自分の肉を切らせておいて、相手の骨を切る。自分自身も、傷つく覚悟を決めて、相手により大きな打撃を与えることを地で行く、そのつもりですよ。血湧き肉躍るそんな興奮して、心が高まる動画づくりを探求したいので、ここに残ります。殺人工場のルポを、より面白く動画にするための探求心を満足させたいんです。それに最終的には、殺人工場の実態を、社会に衝撃的に知らしめよう。そんな野望を抱いてるんです。逃げるなら、僕を置いて逃げて下さい」

くにみつは、一方的に捲し立てながら、一緒に逃げることを拒絶した。スギモトさんからは、さらに意外な返事が返ってきた。「自分は殺人犯だから、娑婆にはもう戻れない」というのだ。老紳士に声をかけられ、東京へやってくる前は、暴力団の抗争で、暴力団員を数名殺害。警察から全国に指名手配され、逃亡中の身。いまさら、この殺人工場を出ていったところで、身寄りもない。逮捕をされることを考えれば、殺人工場《ここ》に身を隠していたほうが都合が良い。終の住処として、この殺人工場で、生涯生きていこうと心に決めているから、絶対に自分は逃げないと言い張った。逃げたところで、命を狙われるのも困ると、勝手な言い分で文句を付けていた。驚きの告白に、三人は絶句してしまった。仲間内で話しあった結果、おおかたが逃げ出すことに否定的な意見を聞き、祐太は、みんなで一緒に逃げることができないのなら、自身もここに残ると言い出した。仲間を置いたまま、殺人工場から、逃げることはできないと言って聞かない。卓也は必死に、三人を説得した。逃げるべきだと訴えた。このままでは途轍もない、真相もよくわからないまま、恐ろしいできごとに、巻きこまれていくことは間違いないと断言した。

ルシファーや、ウミノが関係していると語っていた秘密組織というのは、もしかしたら、世界最大の秘密結社。フリーメーソンが関係しているのではないか。卓也は、さまざまな臆測を呼ぶ、途方も無くスケールが大きな推理を考えついていた。近現代史を陰から動かす、秘密結社として、フリーメーソンはこれまでも、たびたび某国の大統領を決定し、戦争を引き起こし、世界を混乱に陥れてきたと噂されている。あくまでも憶測だが、そうではないかと、卓也は疑問に思った。しかしながら、みんなは懐疑的だった。

結局、相談し合った結果、全員で逃げるのでなければ、最終的に殺人工場に留まることが決まった。せっかく脱出するチャンスがあったかもしれないけど、卓也は自分だけ、逃げるなんて卑怯なことはできなかった。みんなの意見に従うことにした。しばらくしてから、もう一度みんなを説得できれば、逃げ出すチャンスがまだあるかもしれない。注意深く、その機会を待つことにした。

翌日、ウミノが返事を聞きにやって来た。卓也は、特殊部隊のチームリーダーになることに否定的だったし、とても複雑な心境だった。だが、みんなと一緒に殺人工場から、脱出ができるまでの辛抱だと考え、我慢をしようと決めた。とりあえずOKを出し、その場凌ぎの約束をして返答をした。儘ならぬ世。ルシファーの言葉通り、自分がこうしたいと願うことがあったとしても、なかなか現実は思うようにいかないものだ。理想と現実は違う。こうなってほしいと願っても、その通りにはいかないからこそ、もどかしい。そういう意味で人生は、現実との格闘であるのかもしれない。いろいろあるのが人生なんだから、人の考えも十人十色。みんなの意見もそれぞれが違い、多種多様な立場がある。あるがままの現実を、受け止めていくことの難しさを、卓也は痛感させられた。世の中に、理想と現実との乖離、ギャップがありすぎる。

その晩。深夜に一人。卓也は、殺人工場の事務作業をさせられていた。パソコンと向き合いながら、あの時を止めたいと願った、自殺少女のホームページやブログは、彼女の死後、いったいどうなっているのか。やはり、アクセス不能になったままなのか。ふっと興味が湧いた。覗いてみたい欲求というか、衝動に駆られて知りたくなった。

魔界部屋でネット交流していた、当時を思い出してなんとなくだけれど、ちょっと懐かしい気分がした。ほろ苦い思い出の音楽を聴いたときのようだ。あの感情に似ている。

彼女のブログにアクセスしてみた。果たしてどうなっているのか。疑念を抱きながら、マウスをクリックしてみた。

（マジかよ?!　閉鎖されてると思ったのに、ちゃんとブログが更新されてるじゃん!!　嘘だろぉ……）とページを開くと、放置をされたままの、正真正銘の彼女のブログがアップされてきた。怖がる必要はないのだろうが、目を疑う瞬間だった。彼女の母が、突然の彼女の死を悼む、哀しみのコメントを呟き、ブログが更新されていたのだ。亡くなった人のブログに、親族や身内の人が、最終的にその旨をコメントして、ネットに更新している場合は、多々ある。勿論なかには様々な理由で、ブログが閉鎖されている場合もある。しかし、わざわざ閉鎖するのにも、なにかと面倒だし、理由もない。そのまま放置されている場合が、圧倒的に多い。第三者が削除して閉鎖をしない限り、ブログはネット上のＳＮＳのなか、忘れ去られた幽霊《ゴースト》みたいに、ずっと異空間に取り残されたままだ。主《あるじ》をなくし、やがて放置され、ネット空間を彷徨い続けなければならない。ネットのなかで命を授かり、自殺少女は生き続ける。時空を彷徨い歩く。放浪者の如く、時のない世界を探し求め、たった一人きりで歩みを続けていく。孤独な旅を続けて流離う（異邦人《エトランゼ》）旅人のように……。永久に年を取ることもない。永遠の十六歳。少女のままだ。ネットの世界でなら、永遠の命を生き長らえることが可能だ。それはある意味、時間を止めたということなのか。「ねぇ、ほんまやで、うちは時間を止めたんや」と、卓也の耳元で、聞き覚えがある声が囁く。絞り出すような、か細い自殺少女の声だ。空耳なのか。囁き声がした。自死した日を境に、ふと途切れた。彼女のブログ。SNSのゴーストとして、取り残された状態のまま、そのブログは、他者により、酷く荒らされまくっていた。

「死んだw、♪ヤッタゼ!!」「うぜー」「マジっすか!?」「ヤバくね？」「自殺決定!! 嬉しい！　嬉しい！　楽しみだぁぁぁwww」「生きるべきか。死ぬべきか」「本日！死にます!!」等々、インターネット上でネタにされまくる、だるくからむ、死者に鞭打つコメントが並ぶ。

かつては毎日、更新をされていたであろう。彼女が、日記代わりにしていたブログ。その内容をみて、心底ゾッとした。いつもと変わらぬ、日常的に呟かれていた、彼女の最後の言葉。自分に待っている、ろくでもない未来と決別するための懺悔の涙。悲鳴に近い、魂の叫びが記録として残されていた。

〈新しい世界へようこそ!!　世界の滅亡は近い。新しい時代へ、このまま時間が止まればいい。これは革命?!　覚醒のために目を醒ませ!!　どうしたら、時間が止められるの？　誰か助けて!!　うちは時間を止めたいだけやん。ほんま命懸けの覚悟や。世界を変えな、あかんやろ〉自殺を覚悟しているのだろうか。遺書と覚しき、たまらなく寂しい、人生を悲哀するイメージのセリフが、切実に呟かれていた。少女は死んだのではない。混沌としたネットの世界で、ゴーストになったまま、生き続けているのだとしたら？

無限にループする世界で、彼女は一人、孤独に遊んでいる。青い鳥を探し求め、終らない夢のような、長い旅路へと旅立った。何処かノスタルジアな、永遠という、長い眠りから、目覚めることがない世界。無限に続く、ネットの世界を冒険する。エンドレスな旅の果てには、どんな世界が広がっているのだろう。彼女は死んだのではないと信じれば、その死を悼むことはなくなる――。死とは何か。生きてることに関わってくる。以前、生死について語り合ったとき「死ぬことを考えながら、生きていたくないだろう」と呟いた、祐太の言葉。卓也は、祐太の言葉を思い浮かべた。

古代哲学。初期の哲学は、より良い世界を、つくるための知識を追求するものだった。哲学のテーマは、真理や永遠を追い求めること。自分で考えることが哲学することと。何故、彼女は死んだのか。自殺少女が死を選択した理由。シナリオどおりにいかなかったけれど、破天荒で、はちゃめちゃな、破綻した結論を選び出したその生き様。この結果が、彼女が自分なりに導き出した、筋書きである論理《ロジック》の答えだったのかと、卓也は理解した。死を選んだことこそが、自身の求めた、哲学であった証だったのか。卓也にはわからない。でも、自分の命を粗末に扱うことは、やはり正しい答えではないと思う。ただ、それだけはわかる。そして彼女が崇拝していた、ホッブズの権利を国家に委譲し、自由を規正するべきだとする唯物論。文明は、自由を放棄するところに生まれ、人間が保持している「自然権」（自分の命や、個として不可欠な自己保存本能や、自衛本能）を好き勝手に行使しては、国の存亡を招きかねないとする考え方は、そうなることがないように作りだされたルールであること。いうなれば法律が制定され、国家が統制と秩序をもたらすことにより、平安と安全が手に入る。ホッブズが投げかけたのは、国家と個人の関係は、契約により、成り立っているものである。国家や権利によって、民が社会規範を守ることで、全員が、生命の危険に直面することにならなくて済む。国家状態を維持できる。それを可能にするためには、権利を統治するための（国家）が、強力でなければならない。こうした社会契約論の立場に立って、国家を巨大な生物「リヴァイアサン」に喩えた考え方は、自殺少女が思い描いていたものではない。殺人を肯定するものとは、全く別な解釈だ。少女の捉え方とは決して違う。近代哲学者トマス・ホッブズは、個人同士の社会契約によって国家形成の事象を得るといった倫理学的唯名論を論じているだけだ。つまり、人間というものは国家があることにより、道徳的な人間になることができるわけでもある。

そう考えたら、各個人の考え方や主義・主張・主観によって、見方を変えれば、人それぞれの考え方や生き方。社会意識さえも、それぞれの捉え方で変わってしまい、定まらない。多様化する価値観がある以上、この世界に百パーセント正しい答えなど、何ひとつ不明瞭でないのかもしれない。卓也は思索にふけながら、さまざまな考えに頭を巡らせた。

現実の世界で「死」は終わりを意味する。さくらの花は散る。それは終わりだけれど、春には、再び美しく、さくらの花を咲かせる。その素晴らしさ。生命の尊さをかみしめる。花は枯れても、樹木に新しく芽が芽吹き、また花が咲き、あらたなめぐりの始まりを繰り返してゆく。時が止まらない限り、生命の循環は、無限にループする。前後に無限に続く、過去から未来への流れて進む、不可逆的な方向を持った空間と共に、世界を形作るもの。それが、時間という不思議な概念。二十四時間は一日。六十分は一時間。六十秒は一分。時間が過去から、未来へ向かって進むのは、現代社会では当然の条理。みんなが共有している共通な認識だ。宗教的に捉えれば、過去から未来へと流れてゆく時の概念。その性質は、一直線上に進んでいる、無限に続く時間の中に「世界が終わる」といった「終末論」などが位置づけられたことで、ユダヤ教を初め、神の意志により、世界がつくられたと考えた。永遠から生じ、永遠に帰するといった宗教観。時間の終わりとして、終末が設定されることで、経過していく時間の流れに「始まりと終わり」が区切られた。この考え方が、つまりまっすぐに進む、直線的な時間を生みだした。一方、古代人の時間観念では、回帰する時間といった観念のほうが一般的であり、毎年季節がめぐるように、時間も循環すると考えられた。古代人《彼ら》にとっては、原初の神話の神聖な世界こそ、真実の世界であると神聖視されていた。けれども、美しい神話の世界のまま、ずっといつまでも、そのままに留めておくことは不可能だ。突発的に起こる侵略戦争。天災や災害が、実際に起こっても、古代人たちはしかるべき、拠るべき軌範から、はずれたものだと捉え、歴史上に記録することはなかった。古来古代人たちは、それらの厄災を無化しようと、発祀や神事を執り行い、再び最初の神聖な、且つ、聖なる時間に戻そうとした。時間を回帰させることで、世界をリセットできると信じられていたからだ。実際の時間（タイム）がいったいどうなっているのかは、誰も知らない。

　無限に時間もループしているのか。はたまた、どうなのか。古代人も、現代人にしても、理論明快。明瞭で明確。確実な答えは、わからない。常に人間が実感できるのは〝いま〟という、この瞬間のみ。過去に遡ったとしても、未来を訪れることができたとしても、その場所へ、到着した途端〝いま〟になるとすれば、未来も過去も〝いま〟とする、この基点から、未来に思いを馳せるのか。あるいは思い返して想起するしかないものだ。だとしたら、過去の教訓に学び、古代哲学の目的であった「世界を、より良い未来にすること」こそ、知恵を持った人類にとって、人間の賢さ（理性・知恵）を最大の武器にして、憂慮することが必要だ。個人の幸福を追求し、ひとつしかない地球の中で、共に暮らす。平和共存するために、さまざまな問題が突きつけられている。人類の課題を、共に解決してゆくこと。そのことこそ、いま求められていることではないか。と、卓也は思う。人類が共有するために、知の手引きとなる哲学を活用しなくてはいけない。

古代的な弁証法の祖といわれる、ヘラクレイトスの哲学思想は、世界を変化や運動といった観点で捉えようとした。世界は絶えず変化するものだとした「万物は流転する」万物の根元は「永遠に生きている火」だと考えた。火とは、物が燃えている状態。火が燃焼を絶えざる、動きそのものが原理だとされる。相反するものが調和することにより、成り立つといった哲学思想。対立と調和という関係によって、世界は変化する。対立する「光と影」「表と裏」「始まりと終わり」などのように、一定のロゴス（法則）の中、世界は火のようなロゴスによって支配されており、万物の動き、流れの中に認められる、秩序を生み出す。神的・宇宙的な力のこと。エネルギーの原理がある。常に自然は、生成変化をするといった立場で、動的な万物流転説の考え方は、変化と調和の姿を示しているといえる。

……時間が止まればいいのに……と自殺少女が思い焦がれた、流れる時間という観念は、そういうことなんだと卓也は理解した。

卓也は、事務処理をしていた部屋を飛び出し、外に出た。殺人工場の敷地に佇み、一人っきりで夜空を見上げた。オリオン座が輝いていた。オリオン大星雲は、新しく星が生まれる場所。都会の夜空とは比べものにならないくらい、そこには満天の星空が輝いていた。鈍色の満月が、卓也をやさしく照らし出す。

するると、悪事を働くお前には、その報いを受ける覚悟があるのかと、空耳なのか、問い正す声が聞こえてきた。卓也の胸に、良心の呵責が突き刺さる。卓也は、ヒトが必要とされて生まれてくるならば、こんな自分でも、必要とされているのか。どうなんだよと疑問が湧き、自分自身に自問自答してみた。暗中模索の中、心豊かに楽しく生きるのも、悲しみ、苦しみ生きるのも、自分次第。それとも神は、こんな自分の不遇な生涯に、心から同情し、哀れみの涙を流してくれるというのか。

長いトンネルの先には、光が待っている。自分が決めた道なら迷わない。まだ希望を捨てたわけじゃない。卓也の心に、半信半疑の自分がいる。長いトンネルの先には、光が待っている。どんなに長いトンネルが続いても、いつかは出口がみえる。暗いトンネルが終わる。

善悪両方の種。両成敗の魂を持つ人間。善い種である仏性を実際に示すため、理想を具現化することが大切だ。くじけない心を持つことで、挫折せずに強く生きられる。その反面、悪の種を隠し持つのも、同じ人間。悩み、苦しみ、心の中に葛藤を生じさせてしまうのが、人間本来の姿だ。どんどん世界が生き辛くなっていくとしても、これからの世界を、僕らは生きていくんだと、卓也は決意を固めた。

神的な力。魔力に満ちた満月。不思議な満月を、卓也はじっと眺めていた。夜ごとに変化する月の姿。月の満ち欠け。満月が欠けることから、完成したものは、完成と同時に次に壊れ始める。そう信じられ、満月が翌日から、その姿を変化させ、徐々に欠けていく様子から、物事は完成してしまうと崩壊が始まると、古くから考えられてきた。このことから、日光東照宮の豪華絢爛な陽明門は、魔除けの意味を持つ、逆さ柱があることが知られている。逆さ柱（木材を建物の柱にする場合、上下逆さにして、柱を立てることを言う）とは、日本の木造建築における俗信の一つだ。柱の中の一本だけ、彫刻の模様が逆向きになっているため、意識的に、わざと逆さに彫られたもの。（グリ紋）と呼ばれる紋様が彫られている柱が存在する。これは誤って逆向きにしたわけではなく、建物は完成と同時に、崩壊が始まるという、ことわざを表現するために、あえて一ヶ所だけ、未完成な部分が意図的に残された。江戸時代の人が、完成と同時に崩壊が始まる――その伝承を逆手にとり、まだ建物が完璧ではない状態であるように建築をすることで、未来永劫。いつまでも、建物が残るように願われた。古くは縁起をかつぐ験担ぎや、おまじないのようなものだ。いわば、物事は完成してしまえば、やがて脆く崩れ去る。あえて、未完成なままがいい。教訓めいたものにも思える。

だとすれば、天にも届かんばかりの高さ。人類の傲慢、人間の高慢な野心への警告として、神の怒りに触れ、途中で建築中止を余儀なくされた、バベルの塔。実現不可能な計画の比喩として、使われることもあるけれど、この打ち砕かれた倒壊した塔の存在も、戒めのような意味を持ち、俗信みたいなものだったのかと、卓也には感じられた。

挑戦を挑む、人間たちを滅ぼすための、神のプランに（ハルマゲドン）は、本当に計画されているのか？　いま世界で起こっている、人類への警告は、終末の予兆なのだろうか?!　語られる、予言者の予言。驚天動地。最後の審判は、果たして、いつ下されるのか。人類滅亡はやってくるのか。

天の下の決めごとには、定められた時間があり、すべての人々が、その時間を生きてゆく。予言が告げるのは、近い将来、人類の終末が到来することだ。それは絵空事ではない。真実であると語られるだけだ。人類に未来はあるのか？　世界はどうなっていくのか？

ただ、予言されている、今世紀の警告に対する、危機の意識を変えれば、未来は変えることができるということだ。

卓也は、自分自身と向き合う覚悟を決めた。そして、これからの自分の人生を、どうやって生きるのか。
卓也は人生の分岐点に立っている。

（完）

著者プロフィール

霜月 夢想（しもつき むそう）

1970年千葉県生まれ。

東京アニメーター学院漫画家プロ養成科卒業。


2007年『琥珀色の日々…』（霜月夢僧名義）新風舎より刊行。

2008年『MY LIFE』（日本文学館）に「煌きの灯火」が収載。

同　年『明日へ』（日本文学館）に「明日の力」が収載。

2009年『メフィストフェレスの肖像――死の迷宮（ラビリンス）』（霜月夢僧名義）文芸社より刊行。

巨人像

2016年 9 月15日　初版第 1 刷発行

著　者　霜月 夢想
発行者　瓜谷 綱延
発行所　株式会社文芸社
〒160-0022　東京都新宿区新宿1－10－1
電話　03-5369-3060（代表）
03-5369-2299（販売）

印刷所　株式会社平河工業社

ISBN978-4-286-17467-9